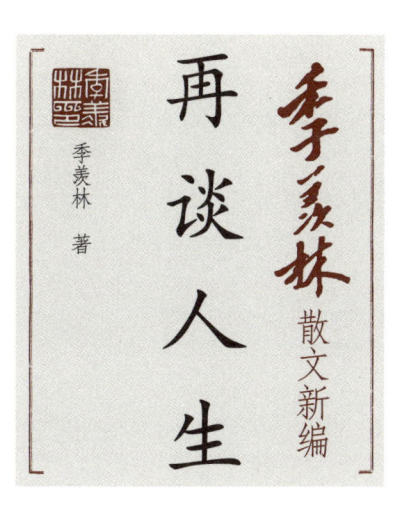

再谈人生

季羡林散文新编

季羡林 著

人民文学出版社

图书在版编目(CIP)数据

再谈人生/季羡林著. —北京:人民文学出版社,2014
(季羡林散文新编)
ISBN 978-7-02-010365-2

Ⅰ.①再… Ⅱ.①季… Ⅲ.①杂文集—中国—当代 Ⅳ.①I267.1

中国版本图书馆 CIP 数据核字(2014)第 055979 号

责任编辑　杜　丽
装帧设计　刘　静
责任校对　李　雪
责任印制　徐　冉

出版发行　人民文学出版社
社　　址　北京市朝内大街 166 号
邮政编码　100705
网　　址　http://www.rw-cn.com

印　　刷　三河市鑫金马印装有限公司
经　　销　全国新华书店等

字　　数　148 千字
开　　本　880 毫米×1230 毫米　1/32
印　　张　6.125　插页 3
印　　数　11001—14000
版　　次　2014 年 11 月北京第 1 版
印　　次　2018 年 12 月第 3 次印刷

书　　号　978-7-02-010365-2
定　　价　24.00 元

如有印装质量问题,请与本社图书销售中心调换。电话:010-65233595

目 录

送礼 …………………………………………… 1
论正义 ………………………………………… 5
新年随笔 ……………………………………… 11
迎春杂感 ……………………………………… 13
爽朗的笑声 …………………………………… 16
春色满寰中 …………………………………… 21
谈老 …………………………………………… 23
在德国——自己的花是让别人看的 ………… 25
1987年元旦试笔 ……………………………… 27
赞"代沟" ……………………………………… 29
新年展望 ……………………………………… 32
六字真言 ……………………………………… 34
新年抒怀 ……………………………………… 37
老少之间 ……………………………………… 44
1995年元旦抒怀——求仁而得仁,又何怨! … 46
读朱自清《背影》 …………………………… 49
人生 …………………………………………… 52
再谈人生 ……………………………………… 54
三论人生 ……………………………………… 56
漫谈撒谎 ……………………………………… 58

容忍 …………………………………………………… 62
恭贺新禧 ……………………………………………… 64
傻瓜 …………………………………………………… 66
世态炎凉 ……………………………………………… 68
趋炎附势 ……………………………………………… 70
漫谈消费 ……………………………………………… 72
中餐与西餐 …………………………………………… 76
我们面对的现实 ……………………………………… 78
  一 生活的现实 …………………………………… 78
  二 学术研究的现实 ……………………………… 79
衣着的款式 …………………………………………… 82
宗教 …………………………………………………… 84
老马识途 ……………………………………………… 86
三思而行 ……………………………………………… 88
从哲学的高度来看中餐与西餐 ……………………… 90
毁誉 …………………………………………………… 92
论包装 ………………………………………………… 94
论广告 ………………………………………………… 96
起名的学问 …………………………………………… 98
真理愈辨愈明吗？ …………………………………… 100
爱情 …………………………………………………… 102
虎年抒怀 ……………………………………………… 107
牵就与适应 …………………………………………… 113
缘分与命运 …………………………………………… 115
论压力 ………………………………………………… 117
不完满才是人生 ……………………………………… 119
谦虚与虚伪 …………………………………………… 121

目录

温馨,家庭不可或缺的气氛	123
百年回眸	126
走运与倒霉	129
做人与处世	131
我们为什么有时候应当说谎？	133
哲学的用处	135
谈孝	137
世纪回眸	139
坏人	141
我害怕"天才"	143
对号入座	145
沧桑阅尽话爱国	147
新世纪,新千年	150
论朋友	153
千禧感言	155
梦游21世纪	159
豪情半怀迎新纪	162
迎新怀旧——21世纪第一个元旦感怀	165
成功	170
论说假话	172
新世纪新千年寄语	174
谈礼貌	176
隔膜	178
一个值得担忧的现象——再论包装	180
再谈爱国主义	182
从小康谈起	184
让坏事变成好事	186

同胞们说话声音放低一点 ………………………………… 187
狗年元旦抒怀 …………………………………………………… 189
两个母亲 ………………………………………………………… 191

送 礼

我们中国究竟是礼义之邦，所以每逢过年过节，或有什么红白喜事，大家就忙着送礼。既然说是"礼"，当然是向对方表示敬意的。譬如说，一个朋友从杭州回来，送给另外一个朋友一只火腿、二斤龙井；知己的还要亲自送了去，免得受礼者还要赏钱，你能说这不是表示亲热么？又如一个朋友要结婚，但没有钱，于是大家凑个份子送了去，谁又能说这是坏事呢？

事情当然是好事情，而且想起来极合乎人情，一点也不复杂；然而实际上却复杂艰深到万分，几乎可以独立成一门学问：送礼学。第一，你先要知道送应节的东西，譬如你过年的时候，提了几瓶子汽水，一床凉席去送人，这不是故意开玩笑吗？还有五月节送月饼，八月节送粽子，最少也让人觉得你是外行。第二，你还要是一个好的心理学家，能观察出对方的心情和爱好来。对方倘若喜欢吸烟，你不妨提了几听三炮台恭恭敬敬送了去，一定可以得到青睐。对方要是喜欢杯中物，你还要知道他是维新派或保守派。前者当然要送法国的白兰地，后者本地产的白干或五加皮也就行了。倘若对方的思想"前进"，你最好订一份《文汇报》送了去，一定不会退回的。

但这还不够，买好了应时应节的东西，对方的爱好也揣摩成熟了，又来了怎样送的问题。除了很知己的以外，多半不是自己去送，这与面子有关系；于是就要派听差，而这个听差又必须是个好的外交家,机警、坚忍、善于说话,还要一副厚脸皮;这样才能不辱使命。拿了东西去送礼,论理说该到处受欢迎,但实际上却不然。受礼者多半喜欢节外生枝。东西虽然极合心意,却偏不立刻收下。据说这也与面子有关系。听差把礼物送进去,要沉住气在外面等。一会,对方的听差出来了,把送去的礼物又提出来,说:"我们老爷太太谢谢某老爷太太,盛意我们领了,礼物不敢当。"倘若这听差真信了这话,提了东西就回家来,这一定糟,说不定就打破饭碗。但外交家的听差却绝不这样做。他仍然站着不走,请求对方的听差再把礼物提进去。这样往来斗争许久。对方或全收下,或只收下一半,只要与临来时老爷太太的密令不冲突,就可以安然接了赏钱回来了。

　　上面说的可以说是常态的送礼。可惜(或者也并不可惜)还有变态的。我小的时候,我们街上住着一个穷人,大家都喊他"地方",有学问的人说,这就等于汉朝的亭长。每逢年节的早上,我们的大门刚一开,就会看到他笑嘻嘻地一手提了一只鸡,一手提了两瓶酒,跨进大门来。鸡咯咯地大吵大嚷,酒瓶上的红签红得炫人眼睛。他嘴里却喊着:"给老爷太太送礼来了。"于是我婶母就立刻拿出几毛钱来交给老妈子送出去。这"地方"接了钱,并不像一般送礼的一样,还要努力斗争,却仍旧提了鸡和瓶子笑嘻嘻地走到另一家去喊去了。这景象我一年至少见三次,后来也就不以为奇了。但有一年的某一个节日的清晨,却见这位"地方"愁容满面地跨进我们的大门,嘴里不喊"给老爷太太送礼来了",却拉了我们的老妈子交头接耳说了一大篇,后来终于放声大骂起来。老妈子进去告诉了我婶母,仍然是拿了几毛钱送出来。这"地方"道了声谢,出了大门,老远还听到他的骂声。后来老妈子告诉我,他的鸡是自己养了预备下蛋的,每逢过年过节,就暂且委屈它一下,被缚了双足倒提着陪他出来逛大街。玻璃瓶子里装的只是水,外面红签是向铺子里借用的。"地方"送礼,在我们那里谁都知道他的用意。所以从来没有收的。他跑过一天,衣袋塞满了钞票才回来,把瓶子里的水倒出来,把鸡放开。它在一整天"陪绑"之余,还忘不了替他下一个蛋。但今年这"地方"倒运。向第一家送礼,就遇到一家才搬来的外省人。他们竟老实不客气地把礼物收下了。这怎能不让这"地方"愤愤呢?他并不是怕瓶子里的凉水给他泄漏真相,心痛的还是那只鸡。

另外一种送礼法也很新奇,虽然是"古已有之"的。我们常在笔记小说里看到,某一个督抚把金子装到坛子里当酱菜送给京里的某一位王公大人。这是古时候的事,但现在也还没有绝迹。我的一位亲戚在一个县衙门里做事,因了同县太爷是朋友,所以地位很重要。在晚上回屋睡觉的时候,常常在棉被下面发现一堆银元或别的值钱的东西。有时候不知道,把这堆银元抖到地上,哗啦一声,让他吃一惊。这都是送来的"礼"。

这样的"礼"当然不是每个人都有资格接受的。他一定是个什么官,最少也要是官的下属,能让人生,也能让人死,所以才有人送这许多金子银元来。官都讲究面子,虽然要钱,却不能干脆当面给他。于是就想出了这种种的妙法。我上面已经提到送礼是一门学问,送礼给官长更是这门学问里面最深奥的,需要经过长期的研究简练揣摩,再加上实习,方能得到其中的奥秘。能把钱送到官长手中,又不伤官长的面子,能做到这一步,才算是得其门而入了。也有很少的例外,官长开口向下面要一件东西,居然得不到。以前某一个小官藏有一颗古印,他的官长很喜欢,想拿走。他跪在地上叩头说:"除了我的太太和这块古印以外,我没有一件东西不能与大人共享的。"官长也只好一笑置之了。

普通人家送礼没有这样有声有色,但在平庸中有时候也有杰作。有一次我们家把一盒有特别标志的点心当礼物送出去。隔了一年，一个相熟的胖太太到我们家来拜访，又恭而敬之把这盒点心提给我们，嘴里还告诉我们：这都是小意思，但点心是新买的，可以尝尝。我们当时都忍不住想笑，好歹等这位胖太太走了，我们就动手去打开。盒盖一开，立刻有一股奇怪的臭味从里面透出来。再把纸揭开，点心的形状还是原来的，但上面满是小的飞蛾，一块也不能吃了，只好掷掉。在这一年内，这盒点心不知代表了多少人的盛意，被恭恭敬敬地提着或托着从一家到一家，上面的签和铺子的名字不知换过了多少次，终于又被恭而敬之提回我们家来。"解铃还是系铃人"，我们还要把它丢掉。

我虽然不怎样赞成这样送礼，但我觉得这办法还算不坏。因为只要有一家出了钱买了盒点心就会在亲戚朋友中周转不息，一手收进来，再一手送出去，意思表示了，又不用花钱。不过这样还是麻烦，还不如仿效前清御膳房的办法，用木头刻成鸡鱼肉肘，放在托盘里，送来送去，你仍然不妨说："这鱼肉都是新鲜的。一点小意思，千万请赏脸。"反正都是"彼此彼此，诸位心照不宣"。绝对不会有人来用手敲一敲这木头鱼肉的。这样一来，目的达到了，礼物却不霉坏，岂不是一举两得？在我们这喜欢把最不重要的事情复杂化了的礼义之邦，我这发明一定有许多人欢迎，我预备立刻去注册专利。

1947 年 7 月

论 正 义

我先说一件小事情：

我到德国以后，不久就定居在一个小城里，住在一座临街的三层楼上。街上平常很寂静，几乎一点声音都没有，只有一排树寂寞地站在那里。但有一天的下午，下面街上却有了骚动。我从窗子里往下一看，原来是两个孩子在打架。一个大约有十四五岁，另外一个顶多也不过八九岁，两个孩子平立着，小孩子的头只达到大孩子的胸部。无论谁也一看就知道，这两个孩子真是势力悬殊，不是对手。果然刚一交手，小孩子已经被打倒在地上，大孩子就骑在他身上，前面是一团散乱的金发，背后是两只舞动着的穿了短裤的腿，大孩子的身躯仿佛一座山似的镇在中间。清脆的手掌打到脸上的声音就拂过繁茂的树枝飘上楼来。

几分钟后，大孩子似乎打得疲倦了，就站了起来，小孩子也随着站起来。大孩子忽然放声大笑，这当然是胜利的笑声。但小孩子也不甘示弱，他也大笑起来，笑声超过了大孩子。

这似乎又伤了大孩子的自尊心，跳上去，一把抓住小孩子的金发，把他按在地上，自己又骑他身上。前面仍然又是一团散乱的金发，背后是两只舞动的腿。清脆的手掌打到脸上的声音又拂过繁茂的树枝飘上楼来。

这时观众愈来愈多，大半都是大人，有的把自行车放在路边也来观战，战场四周围满了人。但却没有一个人来劝解。等大孩子第二次站起来再放声大笑的时候,小孩子虽然还勉强奉陪,但眼睛里却已经充满了泪。他仿佛是一只遇到狼的小羊,用哀求的目光看周围的人,但看到的却是一张张含有轻蔑讥讽的脸。他知道从他们那里绝对得不到援助了。抬头猛然看到一辆自行车上有打气的铁管,他跑过去,把铁管抢在手里,预备回来再战。但在这时候却有见义勇为的人们出来干涉了。他们从他手里把铁管夺走,把他申斥了一顿,说他没有勇气,大孩子手里没有武器,他也不许用。结果他又被大孩子按在地上。

我开头就注意到住在对面的一位胖太太在用水擦窗子上的玻璃。大战剧烈的时候,我就把她忘记了。其间她做了些什么事情,我丝毫没看到。等小孩子第三次被按到地上,我正在注视着抓在大孩子手里的小孩子的散乱的金发和在大孩子背后舞动着的双腿,蓦地有一条白光从对面窗子里流出来,我连吃惊都没来得及,再一看,两个孩子身上已经洒满了水,观众也有的沾了光。大孩子立刻就起来,抖掉身上的水,小孩子也跟着爬起来,用手不停地摸头,想把水挤出来。大孩子笑了两声,小孩子也放声狂笑。观众也都大笑着,走散了。

我开头就说到这是一件小事情,但我十几年来多少大事情都忘记了,却偏不能忘记这小事情,而且有时候还从这小事情想了开去,想到许多国家大事。日本占领东北的时候,我正在北平的一个大学里做学生。当时政府对日本一点办法都没有,尽管学生怎样请愿,怎样卧轨绝食,政府却只能搪塞。无论嘴上说得多强硬,事实上却把一切希望都放在国际联盟上,梦想欧美强国能挺身出来主持"正义"。我当时虽然对政府的举措一点都不满意;但我也很天真地相信世界上有"正义"这一种东西,而且是可以由人来主持的。我其实并没有思索,究竟什么是"正义",我只是直觉地觉得这东西很是具体,一点也不抽象神秘。这东西既然有,有人来主持也自然是应当的。中国是弱国,日本是强国,以强国欺侮弱国,我们虽然丢了几省的地方,但有谁会说"正义"不是在我们这边呢?当然会有人替我们出来说话了。

但我很失望,我们的政府也同样失望。我当然很愤慨,觉得欧美列强太不够朋友,明知道"正义"是在我们这边,却只顾打算自己的利害,不来帮忙。我想我们的政府当道诸公也大概有同样的想法,而且一直到现在,事情已经过去十几年了,他们还似乎没有改变想法,他们对所谓"正义"还没有失掉信心。虽然屡次希望别人出来主持"正义"而碰了钉子,他们还仍然在那里做梦,梦到在虚无飘渺的神山那里有那么一件东西叫做"正义"。最近大连问题就是个好例子。

对政府这种坚忍不拔的精神和毅力,我非常佩服。但我更佩服的是政府诸公的固执。我自己现在却似乎比以前聪明点了,我现在已经确切知道了,世界上,除了在中国人的心里以外,并没有"正义"这一种东西,我仿佛学佛的人蓦地悟到最高的智慧,心里的快乐没有法子形容。让我得到这样一个奇迹似的"顿悟"的,就是上面说的那一件小事情。

那一件小事情虽然发生在德国,但从那里抽绎出来的教训却对欧美各国都适用。说明白点就是,欧美各国所崇拜的都是强者,他们只对强者有同情,物质方面的强同精神方面的强都一样,而且他们也不管这"强"是怎样造成的。譬如上面说到的那两个孩子,大孩子明明比小孩子大很多岁,身体也高得多,力量当然也强。相形之下,小孩子当然是弱小者,而且对这弱小他自己一点都不能负责任;但德国人却不管这许多。只要大孩子能把小孩子打倒,在他们眼里,大孩子就成了英雄。他们能容许一个大孩子打一个小孩子;但却不容许小孩子利用武器,这是不是因为他们认为倘用武器就不算好汉?或者认为这样就不 fair play?这一点我还不十分清楚。

我不是哲学家,但我却想这样谈一个有点近于哲学的问题,我想把上面说的话引申一下,来谈一谈欧洲文明的特点。据我看欧洲文明一个最显著的特点就是力的崇拜,身体的力和智慧的力都在内。这当然不自今日始,在很早的时候,他们已经有了这个倾向,所以他们要征服自然,要到各处去探险,要做别人不敢做的事情。在中世纪的时候,一个法官判决一个罪犯,倘若罪犯不服,他不必像现在这样麻烦,要请律师上诉,他只要求同法官决斗,倘若他胜了,一切判决就都失掉了效用。现在罪犯虽然不允许同法官决斗了,但决斗的风气仍然流行在民间。一提到决斗,他们千余年来制定的很完整的法律就再没有说话的权利,代替法律的是手枪利剑。另外还可以从一件小事情上看出这种倾向。在德国骂人,倘若应用我们的"国骂",即便是从妈开始一直骂到三十六代的祖宗,他们也只摇摇头,一点不了解。倘若骂他们是猪、是狗,他们也许会红脸。但倘若骂他们是懦夫(Feigling),他们立刻就会跳起来同你拼命。可见他们认为没有勇气,没有力量是最可耻的事情。反过来说,无论谁,只要有勇气,有力量,他们就崇拜,根本不问这勇气这力量用得是不是合理。谁有力量,"正义"就在谁那里。力量就等于"正义"。

我以前每次读俄国历史,总有那一个问题:为什么那几个比较软弱而温和的皇帝都给人民杀掉,而那几个刚猛暴戾而残酷的皇帝,虽然当时人民怕他们,或者甚至恨他们,然而时代一过就成了人民崇拜的对象?最好的例子就是伊凡四世。他当时残暴无道,拿杀人当儿戏,是一个在心理和生理方面都不正常的人。所以人民给他送了一个外号叫做"可怕的伊凡"。可见当时人民对他的感情并不怎样好。但时间一久,这坏感情全变了,民间产生了许多歌来歌咏甚至赞美这"可怕的伊凡"。在这些歌里,他已经不是

"可怕的",而是为人民所爱戴的人物了。这情形并不限于俄国,在别的地方也可以遇到。譬如希特勒,在他生前固然为人民所爱戴拥护,当他把整个的德国带向毁灭,自己也毁灭了以后,成千万的人没有房子住,没有东西吃;几百年以来宏伟的建筑都烧成了断瓦颓垣;一切文化精华都荡然无存;论理德国人应该怎样恨他,但事实却正相反,我简直没有遇到多少真正恨他的人,这不是有点不可解么?但倘若我们从上面说到的观点来看,就会觉得这一点都不奇怪了,可怕的伊凡、更可怕的希特勒都是强者,都有力量,力量就等于"正义"。

回来再看我们中国,就立刻可以看出来,我们对"正义"的看法同欧洲人不大相同。我虽然在任何书里还没有找到关于"正义"的定义;但一般人却对"正义"都有一个不成文法的共同看法,只要有正义感的人绝不许一个十四五岁的大孩子打一个八九岁的小孩子。在小说里我们常看到一个豪杰或剑客走遍天下,专打抱不平,替弱者帮忙。虽然一般人未必都能做到这一步;但却没有人不崇拜这样的英雄。中国人因为世故太深,所以弄到"各扫门前雪,不管他人瓦上霜",有时候不敢公然出来替一个弱者说话;但他们心里却仍然给弱者表同情。这就是他们的正义感。

这正义感当然是好的;但可惜时代变了,我们被拖到现代的以白人为中心的世界舞台上去,又适逢我们自己泄气,处处受人欺侮。我们自己承认是弱者,希望强者能主持"正义"来帮我们的忙。却没有注意,我们心里的"正义"同别人的"正义"完全不是一回事,我们自己虽然觉得"正义"就在我们这里;但在别人眼里,我们却只是可怜的丑角,低能儿。欧美人之所以不帮助我们,并不像我们普通想到的,这是他们的国策。事实上他们看了我们这种猥猥琐琐不争气的样子,从心里感到厌恶。一个敢打欧美人耳光的中国人在欧美心目中的地位比一个只会向他们谄笑鞠躬的高等华人高得多。只有这种人他们才从心里佩服。可惜我们中国人很少有勇气打一个外国人的耳光,只会谄笑鞠躬,虽然心被填满了"正义",也一点用都没有,仍然是左碰一个钉子,右碰一个钉子,一直碰到现在,还有人在那里做梦,梦到在虚无飘渺的神山那里有那么一件东西叫做"正义"。

我希望我们赶快从这梦里走出来。

1948 年 4 月 16 日　北京大学

新年随笔

1960年元旦来到,新的一年又摆在我们眼前。

从整个人类历史来说,一年只有365天,实在短得算不了什么。但是从目前中国发展情况来看,"一天等于二十年",在365天中就可以做出许多惊人的事业。

1959年是我国继续大跃进的一年,从全国工、农、财贸、交通运输、文教卫生各个战线上,捷报如雪片飞来。10月到11月在北京召开的全国群英大会,更是一件十分令人欢欣鼓舞的事情。许多走在时间前面的英雄们早已跨进了1960年、1961年,甚至更远的年份。

在这样的情况下,我对新的一年究竟有些什么想法呢?

我想到的是:再经过1960年的继续大跃进,我们的国家还不知道美好到什么样子哩。

就从身边的事物谈起吧。去年此时,北京天安门广场两旁还是一片矮小的旧房子,同耸入晴空的天安门比起来,显然有点不相称。然而现在怎样了呢?左边是堂皇富丽的历史博物馆和革命博物馆,右边是庄严巍峨的人民大会堂。到了明年此时,现在的那一片空地上会有些什么样的建筑物矗立起来,我自己想象不出,恐怕别人也很难想象。

只有现实的事物出现以后,想象才有用武之地。

上面说的只是小例子。不用说全国,就拿北京一个地方来说,这样的例子还可以举出许多来。

从各方面看起来,我们伟大的祖国正以惊人的速度向前迈进。千百年来没有人敢在天堑长江上建造桥梁;现在不但有了武汉大桥,重庆大桥也已像一条长虹一样横跨长江。铁路好像是长了腿,到处爬行;最近北京到承德的铁路又修通了。洛阳第一拖拉机厂已经投入生产。一燕知春,大概过不了多少年,在祖国辽阔的土地上,到处都会有铁牛代替真牛。到了那时候,牛的作用恐怕也要大大地改变:它不再是耕种的主力,而只是奶和肉的来源了。

这样想得似乎远了一点,我们就谈已经来临的新的一年吧。在这继续大跃进的一年,在祖国的边疆地区目前还是一片沙漠的地方,谁又敢说这里不会矗立起一片高楼大厦、一片烟囱呢?在那些目前还是高山密林的地区,谁又敢说这里不会架起了铁架,装上了机器呢?在我们的城市里和乡村里,现在是一片平房一片田地的地方,在新的一年中,谁又敢说这里不会建成高大宏伟的大建筑物和规模巨大的工厂呢?

只有现实的事物出现以后,想象才有用武之地。

以前我总觉得,现实是慢的,只有我们的想象最快。现在我只有承认,慢的不是现实,而是我们的想象。我现在要努力让自己的想象赶上现实,行动赶上想象。这就是我在这新的一年开始的时候立下的决心。

1959 年 12 月

迎春杂感

"人生易老天难老",每年都有一个春节,今年的春节又快来到了。可是,解放十五年以来,每届春节,我的感受都有所不同,心情也就不一样。年年有喜事,岁岁乐满怀,而且是一年比一年乐。

今年春节我的心情怎样呢?

先从老话谈起。在解放前,我曾在欧洲住过十年多。在这一段漫长时间内,我的心情一直是抑郁的;因为,随时随地,我都被提醒我是一个中国人,而"中国人"这个词儿在当时是并不光彩的。租房子,会碰到困难,在英国尤甚。旅行,会碰到困难。甚至走在街上,坐在饭馆子里,也会遇到一些意外的"横祸"。见到人,人家总问我:"你是日本人吗?"第一次这样问,我没有在意。第二次,第三次又这样问,这就引起了我的疑心。我问:"你为什么不问我是不是中国人呢?"对方说:"我这样问曾碰过日本人(当然是那些法西斯分子)的钉子。"于是我的心头投上了一片暗影,沉沉地压在那里,一压就压了十年多。

解放以后,我又曾多次出国。每一次出国我都有新的感受。我觉得,新中国在日新月异地变,外国人对中国人的看法也在随着变。"中国人"这一个词儿越来越增添着光辉,它已经走向它解放前涵义的反面了。

去年夏天,我参加中国教育代表团访问非洲。从开罗到卡萨布兰卡,从阿尔及尔到巴马科、科纳克里、阿克拉。所到之处,迎接我们的都是亲切的笑容、温暖的双手。从政府领导人，一直到工厂里的工人，农村的农民，学校里的大学生和小学生，都把我们看成是亲密的朋友，有的人甚至把我们称作"兄弟"。我们随时随地沉浸在真挚的友谊中。这些人绝大部分都没有到过中国，有的人甚至从来没有见过中国人。但是他们向往新中国，热爱新中国，感觉到同中国人民同命运共呼吸。他们有一些人读过毛主席的书，对这一位伟大人物有真诚的尊敬，他们说毛主席是"革命的灯塔"。

最使人感动的是这些国家的小孩子们。这些天真无邪的儿童们对于世界大事不一定很明了，对于自己祖国同中国的关系不一定很清楚。他们可能只是从父母和老师的嘴里听到了一些关于中国的情况，于是就在小小的心灵里埋上了一颗向往和热爱中国的种子。见到我们，眼前总算是看到中国人了。这种子就开了花、结了果。他们向我们欢呼鼓掌，有的也不知从哪里学来了一句中国话"你好"，这时也搬了出来。有的甚至喊："北京——毛泽东"、"北京——周恩来"。有的什么也不说，只用自己的语言说："中国人，中国人!"这个词儿是我当年住在欧洲时听惯了的。然而，今天听起来，味儿却同当年大不相同。我只觉得它异常顺耳，异常亲切，异常甜蜜，异常动人；我感到自豪。

还有一件使我感到自豪的事情，这就是，我在许多国家都遇到中国的专家。这些人背离乡井，来到迢迢几万里之外的地方，在同祖国迥乎不同的气候条件和生活条件下，同当地的工人农民同吃同住同劳动，创造出许多奇迹。他们从来不考虑自己的生活问题，只是一心一意地为当地人民服务。当地人民也不把他们当成是外国人。这同其他一些国家的所谓专家一比，形成了鲜明的对照，这些人一下飞机，就提出不知道多少条件：要冷气设备，要电气冰箱，要延长假期，要带家眷，要汽车，要洋房，要外汇，要这要那。这不能不使我想到，如今作为一个中国人，是多么值得自豪啊！

当然,我们应该坚决反对大国沙文主义。在历史上,我们同许多国家互相学习。今天,我们对各国人民的革命斗争,又是互相支援。我们把这些国家的人民看作自己的亲人,自己的兄弟,彼此血肉相连,休戚相关,为一个共同的伟大目标而努力奋斗。

今年,当春回大地的时候,我心里想到的就是这一些事情。春天是刮东风的。虽然"东风压倒西风"是一句象征性的话,但是,从全世界革命形势的发展来看,从亚洲、非洲、拉丁美洲人民对中国人民的态度来看,在这个春天开始的时候,我就不由自主地想到这一句话,而且了解到这一句话的真正含义。瞻望前途,快乐满怀。

1965年1月

爽朗的笑声

据说,只有人是会笑的。我活在这个大地上几十年中,曾经笑过无数次,也曾看到别人笑过无数次。我从来没有琢磨过人会不会笑的问题,就好像太阳从东方出来,人们天天必须吃饭这样一些极其自然的、明明白白的、尽人皆知的、用不着去探讨的现象一样,无须再动脑筋去关心了。

然而,人是能够失掉笑的。

就连人能够失掉笑这个事实我以前也没有探讨过,不是用不着去探讨,而是没有想到去探讨,没有发现有探讨的必要;因为我从来还没有遇到过失掉了笑的人,没有想到过会有失掉了笑的人,好像没有遇到过鬼或者阴司地狱,没有想到过有鬼或者有阴司地狱那样。

人又怎能失掉笑呢?

我认识一位参加革命几十年的老干部。虽然他资格老,然而从来不摆老资格,不摆架子。我一向对老干部怀着说不出的、极其深厚的、出自内心的感情与敬佩。他们好像是我的一面镜子,可以照见自己的不足,激励自己前进。因此,我就很愿意接近他,愿意对他谈谈自己的思想。当然并不限于这些。我们有时简直是海阔天空,上下古今,文学艺术,哲学宗教,无所不谈。他给我留下了非常深刻的印象,特别是在闲谈时他的笑声更使我永生难忘。这不是会心的微笑,而是出自肺腑的爽朗的笑声。这笑声悠扬而清脆,温和而热情;它好像有极大的感染力,一听到它,顿觉满室生春,连一桌一椅都仿佛充满了生气,一花一草都仿佛洋溢出活力。有时候我甚至觉得这笑声冲破了高楼大厦,冲出了窗户和门,到处飘流回荡,响彻了整个燕园。

想当初当我听到这笑声的时候,我并没有觉得它怎样难能可贵,怎样不可缺少,就同日光空气一样,抬眼就可以看到,张嘴就可以吸入。又像春天的和风,秋日的细雨;只要有春天,有秋天,自然而然地就可以得到。中国古诗说"司空见惯浑闲事",我一下子变成了古时候的司空了。

然而好景不长,天空里突然堆起了乌云,跟着来的是一场暴风骤雨。这一场暴风骤雨真是来得迅猛异常。不但我们自己没有经受过,而且也没有听说别人曾经经受过。我们都仿佛当头挨了一棒,直打得天旋地转,昏头昏脑。有一个时期,我们都失去了行动的自由,在一个阴森可怕的恐怕要超过"白公馆"和"渣滓洞"的地方住了一些时候。以后虽然恢复了自由,然而每个人的脑袋上还都戴着一大堆莫须有的帽子,天天过着如临深渊如履薄冰的日子,谨小慎微,瞻前顾后,唯恐言行有什么"越轨"之处,随时提防意外飞来的横祸。我们的处境真比旧社会的童养媳还要困难。我们每个人脑海里都有成百个问号,成千个疑团;然而问天天不语,问地地不应。我们只有沉默寡言,成为不折不扣的行尸走肉了。

在这期间,我也曾几次遇到过他,都是在路上。我看到他从远处走了过来,垂目低头,步履蹒跚。以前我看惯了的他那种矫健的步伐,轻捷的行姿,已经消逝得无影无踪了。我有时候下意识地迎上前去,好像是要做点什么;但是快到跟前的时候,最多也不过彼此相顾一下,立刻又低下了头,别转开脸,我们已经到了彼此不敢讲话,不能讲话的地步了。至于在这样的时刻他是怎样想的,我说不清楚。我心里只觉得一阵凄凉,眼泪立刻夺眶而出了。

有一次,我在校医院门前遇到了他。这一回不是孤身一人,而是有一个年老的妇女扶着他。他的身体似乎更不行了,路好像都走不全,腿好像都迈不开,脚好像都抬不起,颤巍巍地好不容易地向前挪动,费了好大劲才挪进了医院的大门,看样子是患了病。我一时冲动,很想鼓足了勇气走上前去探问一声。然而我不敢。那暴风骤雨的情景猛孤丁地展现在我眼前,我那一点剩勇好像是微弱的爝火,经雨一打,立刻就熄灭了。我不敢保证,如果再有一次那样的暴风骤雨,是否我还能经受得住。我硬是压下了我那向前去探问的冲动,只是站在远处注视着他。我是多么关心他的身体啊!然而我无能为力,我只能站在一旁看。幸好他并没有注意到我,否则也会引起他内心的激动,这样的激动对他的身体肯定是没有好处的。我全神贯注地注视着他,看他走进了校医院的玻璃门,他的身影在里面直晃动,在挂号处停留了一会儿,又被搀扶到走廊里去,身影于是完全消逝,大概是到哪一个屋子门口去等候大夫呼唤了。

当时我虽然注视了他很久很久,但是在开头时并没有发现有什么特异的情况,对他的身体的关心占住了我整个的注意力。等到他的身影消逝以后,我猛然发现,他脸上一点笑容都没有,他成了一个不会笑的人,他已经把笑失掉,当然更不用说那爽朗的笑声了。我心里猛烈地一震,我自己的这一个平凡又伟大的发现使我吃惊。我从前只知道笑是人的本能;现在我又知道,人是连本能也会失掉的。我活了六十多年才发现了这样一个真理;然而这是一个多么残酷多么令人不寒而栗的真理啊!

我自己怎样呢?他在这里又在另外一种意义上成了我的一面镜子。拿这面镜子一照:我同他原来是一模一样,我脸上也是一点笑容都没有,我也成了一个不会笑的人,我也把笑失掉了。如果自己不拿这面镜子来照一照,这情况我是不会知道的。因为没有一个人会告诉我,没有一个人敢告诉我。像我这样的人,当时是没有几个人肯同我说话的。如果有大胆的人敢同我说上几句话,我反而感到不自然,感到受宠若惊。不时飞来的轻蔑的一瞥,意外遇到的大声的申斥,我倒安之若素,倒觉得很自然。我当时就像白天的猫头鹰,只要能避开人,我一定避开;只要有小路,我决不走大路;只要有房后的野径,我连小路也不走。只要有熟人迎面走来,我远远地就垂下了头。我只恨地上没有洞;如果有的话,我一定会钻了进去,最好一辈子也不出来。在这样的情况下,一个人能笑得起来吗?让他把笑保留住不失掉能办得到吗?我也只能同那一位老干部一样变成了一个不会笑的人了。

通过那几年的切身经历,我深深地感觉到,一个人如果失掉了笑,那就意味着,他同时也已经失掉了希望,失掉了生趣,失掉了一切。他活在世界上,在别人眼中,在他自己眼中,实际上成了一个多余的人,他只不过是行尸走肉,苟延残喘而已。什么清风,什么明月,什么春花,什么秋实,在别人眼中,当然都是非常可爱的;然而在他眼中,却什么快感也引不起来。他在这世界上如浮云,如幻影;世界对他也如浮云,如幻影。他自己就像一个幽灵,踽踽独行于遮天盖地的辽阔的寂寞中。他成了一个路人,一个"过客",在默默地等候大限的来临。

真理毕竟要胜利,乌云决不会永在。经过了一番风雨,燕园里又出现了阳光,全中国也出现了阳光。记得是在一个座谈会上,我同这一位革命老前辈又见面了。他头发又白了很多,脸上皱纹也增添了不少,走路显得异常困难,说话声音很低。才几年的工夫,他好像老了二十岁。我的心情很沉重;但是同时又很愉快。我发现他脸上又有了笑容,他又把笑找回来了。在谈到兴会淋漓的时候,他大笑起来,虽然声音较低,但毕竟是爽朗的笑声。这样的笑声我已经很久很久没有听到了。乍听之下,有如钧天妙乐,滋润着我的心灵,温暖着我的耳朵,怡悦着我的眼睛,激动着我的四肢。我觉得,这爽朗的笑声,就像骀荡的春风一样,又仿佛吹遍了整个燕园,响彻了整个燕园。我仿佛还听到它响彻了高山、密林、通都、大邑、工厂、农村、机关、学校,响彻了整个祖国大地,而且看样子还要永远响下去。

我现在不但在这位革命老前辈的脸上看到了已经失掉而又找回来的笑,而且在很多人的脸上都看到了笑容;老年人、中年人、青年人、妇女、儿童,无一例外。把笑失掉,是不容易的;把笑重新找回来,就更困难。我相信,一个在沧海中失掉了笑的人,决不能做任何的事情。我也相信,一个曾经沧海又把笑找回来的人,却能胜任任何的艰巨。一个很多人失掉了笑而只有一小撮人能笑的民族,决不能长久立于世界民族之林。只有能笑、会笑、敢笑、重新找回了笑的民族,才能创建宏伟的事业,才能在短期内实现四个现代化,才能阔步前进,建成社会主义,最终达到人类大同之域。

发现只有人是会笑的,是科学家。发现人也是能失掉笑的,是曾经沧海的人。两者都是伟大的发现。曾经沧海的人发现了这个真理,决不会垂头丧气,而是加倍地精神抖擞。我认识的那一位革命老前辈,在这里又成了我的一面镜子。我们都要感激那个沧海,它在另一方面教育了我们。我从小就喜欢读苏东坡的词句:"人有悲欢离合,月有阴晴圆缺,此事古难全。但愿人长久,千里共婵娟。"我想改一下最后两句:"但愿人长笑,千里共婵娟。"我愿意永远永远听到那爽朗的笑声。

1979年1月31日

春色满寰中

我曾歌颂过春满燕园;我曾歌颂过燕园盛夏;我也曾在金色的深秋里歌颂了春归燕园。

在这些文章里我满腔热情,满怀期望地歌颂了青年人。

但是,现在看来,不够了,远远地不够了。

我要连同青年人一并歌颂老年人,连同春满燕园一并歌颂春色满寰中。

我最近参加了一个全国性的会议。在将近两千个参加的人员中,平均年龄是六十七岁。在我们小组里,平均年龄竟达到七十多岁。我们中间有当年江西苏区的老部长,有参加长征的老干部,有解放后的部长、副部长,有穷年累月钻研一门学问的老专家,年龄都在七八十岁以上。他们行动几乎都不要人搀扶,他们说话几乎都是声如洪钟。铁面无情的时间好像在他们身上没有留下一点痕迹。

我被人称作"老"已经有些年头了,我自己也认为自己已经老了。但是,在这里,我却无论如何也老不起来;我只能算是一个小老头,一个年轻人。我环顾周围诸老,他们并不老态龙钟、老眼昏花、老牛破车、老气横秋、倚老卖老、老大伤悲;而是老当益壮、老谋深算、老骥伏枥、老马识途、老罴当道、老成持重。他们都有一颗年轻的心。他们关心民族的命运、国家的前途、四化的实现、个人的贡献。如果把青年比作早晨八九点钟的太阳,这些老年人大概可以算是下午五六点钟的太阳吧。早晨八九点钟的太阳固然是光辉灿烂的,这些下午五六点钟的太阳难道不也是同样地光辉灿烂吗?

记得屠格涅夫有一篇散文诗,讲到人们向前走,向前走,归根结底走到一个黑洞那里——这就是坟。鲁迅先生也有一篇散文诗,叫作《过客》。在这里面,过客问老翁道:"老丈,你大约是久住在这里的,你可知道前面是怎么一个所在么?"老翁回答说:"前面?前面,是坟。"但是,女孩立刻抗议说:"不,不,不,那里有许多野百合、野蔷薇。"

我没有同别的老头谈过前面是什么的问题,全国的老头我当然更无法都见到。但是,我坚决相信,如果问他们前面是怎么一个所在的话,他们一定不会说是"坟",而会像那个小女孩一样说是"野百合、野蔷薇"。他们决不会感到:"夕阳无限好,只是近黄昏。"他们会感到:"天意怜幽草,人间重晚晴";他们会感到:"有此倾城好颜色,天教晚发赛诸花"。

我纵情歌唱春色满寰中,歌颂我们的老年人,难道还有人会反驳我吗?

1979 年 10 月

谈 老

偶读白香山诗,读到一首《咏老赠梦得》,觉得很有意思,先把诗抄在下面:

　　与君俱老也,
　　自问老何如。
　　眼涩夜先卧,
　　头慵朝未梳。
　　有时扶杖出,
　　尽日闭门居。
　　懒照新磨镜,
　　休看小字书。
　　情于故人重,
　　迹共少年疏。
　　惟是闲谈兴,
　　相逢尚有余。

老,在人生中,是一件大事。佛家讲生、老、病、死,可见其地位之重要。但是对待老的态度,各个时代的人却是很不相同的。白香山是唐代人。他在这一首诗中表现出来的态度,我觉得还过得去。他是心平气和的,没有叹老嗟贫,没有见白发而心惊,睹颓颜而伤心。这在当时说已经是颇为难得的了。但是,其中也多少有一些消极的东西。比如说懒梳头、不看镜等等。诗中也表现了他的一些心理活动,比如说"情于故人重,迹共少年疏",这恐怕是古今之所同。我们今天常讲的代沟,不是"迹共少年疏"吗?

到了今天,人间已经换了几次,情况大大地变了。今天,古稀老人,触目皆是,谁也不觉得稀奇了。我相信,我们绝大多数都是唯物主义者,我们认为,老是自然规律,老是人生阶段之一,能达到这个阶段,就是幸福的。大家都想再多活几年,再多给人民做点事情。老以后还有一个阶段,那一个阶段也肯定会来的,这也是自然规律,谁也不会像江淹说的那样:"莫不饮恨而吞声。"

至于说"迹共少年疏",虽然是古今之所同,但是我认为不是不能挽救的。今天我们老人,还有年轻人,在我们思想中的封建的陈旧的东西恐怕是越来越少了吧,我们老人并不会认为,自己一贯正确,永远正确,"嘴上无毛,办事不牢"。我们承认自己阅历多,经验富,但也承认精力衰退,容易保守。年轻人阅历浅,经验少,但是他们精力充沛,最少保守思想。将来的天下毕竟是他们的。我们老年和青年,我相信只要双方都愿意,是能谈得来的。"迹共少年疏",会变为"迹共少年密"(平仄有点不协)的。

1985年6月17日

在 德 国

——自己的花是让别人看的

爱美大概也算是人的天性吧。宇宙间美的东西很多,花在其中占重要的地位。爱花的民族也很多,德国在其中占重要的地位。

四五十年以前我在德国留学的时候,我曾多次对德国人爱花之真切感到吃惊。家家户户都在养花。他们的花不像在中国那样,养在屋子里,他们是把花都栽种在临街窗户的外面。花朵都朝外开,在屋子里只能看到花的脊梁。我曾问过我的女房东:你这样养花是给别人看的吧!她莞尔一笑说道:"正是这样!"

正是这样,也确实不错。走过任何一条街,抬头向上看,家家的窗子前都是花团锦簇,姹紫嫣红。许多窗子连接在一起,汇成了一个花的海洋,让我们看的人如入山阴道上,应接不暇。每一家都是这样,在屋子里的时候,自己的花是让别人看的。走在街上的时候,自己又看别人的花。人人为我,我为人人。我觉得这一种境界是颇耐人寻味的。

今天我又到了德国,刚一下火车,迎接我们的主人问我:"你离开德国这样久,有什么变化没有?"我说:"变化是有的,但是美丽并没有改变。"我说"美丽"指的东西很多,其中也包含着美丽的花。我走在街上,抬头一看,又是家家户户的窗口上都堵满了鲜花。多么奇丽的景色！多么奇特的民族！我仿佛又回到四五十年前去，我做了一个花的梦，做了一个思乡的梦。

1985 年 8 月 27 日

1987年元旦试笔

从孩提到青年,年年盼望着过年。中年以后,年年害怕过年。而今已进入老境,既不盼望,也不害怕,觉得过年也平淡得很,我的心情也平淡得如古井寂波。

但是,夜半枕上,听到外面什么地方的爆竹声,我心里不禁一震:又过年了。仿佛在古井中投下了一块小石头。今天早晨起来,心中顿有年意,我要提笔写元旦试笔了。

时间本来是无始无终的,又没有任何痕迹。人类偏偏把三百六十多天定为一年,硬在时间上刻上痕记。这在天文学上不能说没有根据,对人类生活分上个春夏秋冬,也不无意义。你可切莫小看这个痕记,它实际上支配着我们的生命。人的一生要计算个年龄。皇帝老子要定个年号。和尚有僧腊,今天有工龄、教龄和党龄。工龄碰巧多上几天,工资就能向上调一级。什么地方你也逃不掉这一个人为的痕迹。

我也并没有处心积虑来逃掉。我只觉得,这有点自找麻烦。如果像原始人那样浑浑噩噩,不识不知,大概可以免掉不少麻烦:至少不会像后代文明人那样伤春悲秋,自伤老大。一切顺乎自然,心情要平静得多了。

我现在心情也平静得很,是在激烈活动后的平静。当人们意识到自己老大时,大概有两种反应:一是自伤自悲,一是认为这是自然规律,而处之泰然。我属于后者。去年一年,有几位算是老师一辈的学者离开人间,对我的心情不能说没有影响,我非常悲伤。但是,在内心深处,我认为这是自然规律,是极其平常的事情,短暂悲伤之后,立即恢复了平静,仍然兴致勃勃地活了下来。

活下来,就有希望。我希望在新的一年内,天下太平,人民康乐,我那些老师一辈的人不再匆匆离开人间,我自己也健康愉快,多做点对人民有益的工作。

1987年元旦之晨

赞"代沟"

现在常常听到有人使用"代沟"这个词儿。这个词儿看起来像一个外来语。然而它表达的内容却不限于外国,而是有普遍意义的,中国当然也不能够例外。

青年人怎样议论"代沟",我不清楚。老年人一谈起来,往往流露出十分不满意的神气,有时候甚至有类似"人心不古,世道浇漓"之类的慨叹。这种神气和慨叹我也有过。我现在是一个地地道道的老年人了。老年人的心理状态,我同样也是有的。我们大概都感觉到,在青年人身上有一些东西,我们看着不顺眼;青年人嘴里讲一些话,我们听上去不大顺耳,特别是那一些新造的名词更是特别刺耳。他们的衣着、他们的态度、他们的言谈举动以及接物待人的礼节、他们欣赏的对象和趣味,总之,一切的一切,我们无不觉得不那么顺溜。脾气好一点的老头摇一摇头,叹一口气,脾气不太好的就难免发发牢骚,成为九斤老太的同党了。

如果说有一条沟的话,那么,我们就站在沟的这一边,那一边站的是年轻人。但是若干年以前,我们也曾在沟的那一边站过,站在这一边的是我们的父母、老师、长辈。不知道从什么时候起,好像是在一夜之间,我们忽然站到这边来了。原来站在这边的人,由于自然规律不可抗御,一个个地让出了位置,走向涅槃,空出来的位置由我们来递补。有如秋后的树木,落叶渐多,枝头渐空,全身都在秋风里,只有日渐凋零了。这一个过程是非常非常微妙的,好像一点痕迹都没有留下,然而它确实是存在的。

站在沟这一边的老人,往往有一些杞忧。过去老人喜欢说一些世风日下之类的话,其尤甚者甚至缅怀什么羲皇盛世。现在这种人比较少了,但是类似这样的感慨还是有的。我在这一方面似乎更特别敏感。最近几年,我曾数次访问日本。年纪大一点的日本朋友对于中国文化能够理解,能够欣赏,他们感谢中国文化带给日本的好处,感激之情,溢于言表。中国古代的诗词和书画,他们熟悉。他们身上有一股"老"味,让我们觉得很亲切。然而据日本朋友说,现在的年轻人可完全不是这个样子了。中国古代的那一套,他们全不懂,全不买账,他们喝咖啡,吃西餐,一切唯西方马首是瞻。同他们交往,他们身上有一股"新"味,这种"新"味使我觉得颇不舒服。我自己反复琢磨,中日交往垂二千年。到了近代,日本虽然进行了改革,成为世界上头号经济强国,但是在过去还多少有点共同语言。好像在一夜之间,忽然从地里涌出了一代"新人类",同过去几乎完全割断了纽带联系。同这一群新人打交道,我简直手足无所措。这样下去,我们两国不是越来越疏远吗?为什么几千年没有变,而今天忽然变了呢?我冥思苦想,不得其解。

在中国,我也有这种杞忧。过去,当我站在沟的那一边的时候,我虽然也感到同沟这一边的老年人有点隔阂,但并不认为十分严重;然而到了今天,世界变化空前加速,真正是一天等于二十年,我来到了沟的这一边,顿时觉得沟那一边的年轻人也颇有"新人类"的味道。他们所作所为,很多我都觉得有点难以理解。男女自由恋爱,在封建时期是不允许的;在解放前允许了,但也多半不敢明目张胆。如果男女恋人之间接一个吻,恐怕也要秘密举行。然而今天呢,青年们在光天化日之下,大庭广众之间,公然拥抱接吻,坦然,泰然,甚至还有比这更露骨的举动,我看了确实感到吃惊,又觉得难以理解。我原来自认为脑筋还没有僵化,同九斤老太划清了界限。曾几何时,我也竟成了她的"同路人",岂不大可异哉!又岂不大可哀哉!

不管从世界范围来看,还是从中国范围来看,代沟自古以来就存在的;任何国家,任何时代,都是不可避免的。然而,根据我个人的感觉,好像是"自古已然,于今为烈",好像任何时候也没有今天这样明显。青年老年之间存在的好像已经不是沟,而是长江大河,其中波涛汹涌,难以逾越,我们两代人有点难以互相理解的势头了。为代沟而杞忧者自古就有,今天也决不乏人。我也是其中之一,而且还可能是"积极分子"。

说了上面这一些话以后,倘若有人要问:"你对代沟抱什么态度呢?"答曰:"坚决拥护,竭诚赞美!"

试想一想:如果没有代沟,青年人和老年人完全一模一样,人类的进步表现在什么地方呢?再往上回溯一下,如果在猴子中间没有代沟,所有的猴子都只能用四条腿在地上爬行,哪一只也决不允许站立起来,哪一只也决不允许使用工具劳动,某一类猴子如何能转变成人呢?从语言方面来讲,如果不允许青年们创造一些新词,我们的语言如何能进步呢?孔老头子说的话如果原封不动地保留到今天,这种情况你能想象吗?如果我们今天的报刊杂志孔老夫子这位圣人都完全能懂,这是可能的吗?人类社会在不停地变化,世界新知识日新月异,如果不允许创造新词儿,那么,语言就不能表达新概念、新事物,语言就失去存在的意义了,这种情况是可取的吗?总之,代沟是不可避免的,而且是十分必要的。它标志着变化,它标志着进步,它标志着社会演化,它标志着人类前进。不管你是否愿意,它总是要存在的,过去存在,现在存在,将来也还要存在。

因此,我赞美代沟,用满腔热忱来赞美代沟。

1987 年 4 月 29 日　上海华东师大

新年展望

再过两年,我就要在古稀之后再上十岁了。在古代,这简直是了不起的高寿。然而在今天,在我身上,也不过是微露老态,尚未龙钟的水平而已。看来距离八宝山还有一段路。我还是要向前看的,而且决不会像屠格涅夫的一首散文诗里说的那样——向前看只看到坟墓。

前几年,当我初有迟暮之感的时候,我喜欢说些豪言壮语,什么"人间重晚晴"之类的话常常出现在我的文章中。现在看来,未免有点可笑。人间决不重晚晴。勉强这样说只不过像是深夜旷野独行者的高声唱歌,壮壮胆子,自欺欺人而已。

因此,我现在向前看,不说空话,不在深夜中高声唱歌,只说几句普普通通、老老实实的话,表达我对新的一年的,对90年代的一点希望。

我有一个坏(好?)习惯,我喜欢同时进行多项工作。我觉得,这样做有很大的好处。干一件事,累了,立刻换一件。这样一来,脑筋就像是新磨的利刃一样锋利无比。用这样的新"磨"的脑筋来思考问题,时有梦笔生花之感,奇妙不可思议。

在新的一年里,在90年代里,我仍然将一仍旧惯,多项工作齐头并进。

首先是想把进行了多年的吐火罗文《弥勒会见记》剧本的译释工作做一个结束,将来用中英两种文字出版。我正在为这个本子写一篇非常长的导论,我希望明年春天就能够写完。

第二件工作是给台湾一家出版社写一部《中国敦煌吐鲁番吐火罗文研究导论》,明年必须定稿出版。

第三件工作是继续《糖史》的研究。我对科技甚少通解。这一部书是从文化交流的角度上来写的,已经进行了十多年,写成了一些文章。希望明年就能写完。

我还有一个习惯(好坏不知),喜欢在进行大工作的缝隙里,触景生情,灵机一动,写出一些较短的论文。这种"灵机"是我无法掌握的。有时简直像"踏破铁鞋无觅处,得来全不费工夫"。对于这种"灵机",我做不出计划。我只虔诚希望,明年和90年代这种"灵机"多光顾几次。

以上这些话好像是一个平庸而又美妙的梦。但愿这个梦能实现。

1989 年 12 月 8 日

六字真言

我正在赶写一部有关中印文化交流的书。我翻阅了大量典籍,其中包括郑振铎先生生前寻访、搜集、影印、出版的《玄览堂丛书》。这里面收的书绝大部分是明代的手抄本和刊本,有极大的学术价值。其中有关中国边疆和中外交通的书籍,占相当大的比重,而正是这些书对我们研究中外交通史的人极关重要,因为里面的资料往往为正史或其他官方史籍中所无法找到的。如果没有西谛先生的努力搜求,我们今天恐怕就难以看到。懂得这一门学问的甘苦的人,没有不感激他的。可惜他走得太早了,太仓促了,太出人意外了。哲人其萎,至今思之,犹不禁泫然泪下。

在《玄览堂丛书》中,我目前翻阅得最多的是《续集》中的《四夷广记》,明慎懋赏撰,是旧抄本,出自明人之手。这一部书大概不全,头绪很乱,翻检起来,颇不容易。但是内容却极为有用,是不可多得的历史资料。书中(第 98 册)有一部分讲"榜葛剌",即今天的孟加拉。在"榜葛剌国统"这一节里,首先说:"榜葛剌,即东天竺也。……释迦得道之所也。"接着讲:"汉明帝时,天竺浮图法入中国。"一直讲到戒日王(尸罗逸多)同唐太宗的关系,还有王玄策执阿罗那顺献阙下。下面讲明朝:

> 本朝永乐三年,国王霭牙思丁遣使来朝。诏赐王纻、丝、纱、罗各四匹,绢八匹。王妃纻、丝、纱、罗各三匹,绢六匹,命使往天竺迎异僧。既至京,居灵谷寺,教人念唵嘛呢叭咪吽。

翰林侍读李继鼎曰："若彼既有神通,当通中国语,何为待译者而后知乎?且其所谓唵嘛呢叭咪吽云者,乃云:'俺把你哄也。'人不知悟耳。"

这一段话的前一部分见于很多史籍中,我在上面也已谈到过,没有什么新奇之处。但是,关于六字真言这一段话和这一位翰林公的理解,却真有点石破天惊,匪夷所思,读了真是忍俊不禁,我真不知道要说什么好了。

按唵嘛呢叭咪吽,即所谓"六字真言"。原文是梵文:om manipadme hum,含义是:"唵!摩尼宝在莲华中,吽!"这是音译。关于六字真言,佛典中有不同的说法。有所谓观音菩萨的六字陀罗尼,有文殊菩萨的"唵缚鸡淡纳莫",有阿难的。上面写的这个六字真言,一般说是出自莲华手菩萨,是喇嘛教的。在西藏等喇嘛教流行的地区,非常习闻。中国长篇小说《济公传》里面的济公念之不离口。据说是有极大的神力。这些情况,我们不能要求明代初年的一位翰林能了解。但是他根据六字的发音而做出来的推断,不能不说是很值得大书特书了。

我认为,在这里有几点值得我们注意。首先,六字真言相当古老。其次,上面引文中的"命"字上没有主语。根据口气,应该说主语是永乐皇帝。他派人到印度去,而不是到西藏去迎异僧。这位异僧会说六字真言,那么印度就是六字真言的发源地。对于这个问题,我没有研究过。我猜想,孟加拉是印度密宗最早流行的地方。六字真言看来与密宗有联系。孟加拉在地域上同西藏接近。这是否就是传播的基础呢?我说不出来。敬请博雅之士教正。

我在这里想顺便讲一件事。在《玄览堂丛书·续集》第108册上,有一本书叫《云台广记》。在这一本书讲须文达剌国、特播里国、曼陀郎国、苏吉丹国、麻呵斯离国这一页的书眉上,另一个人用毛笔写了一句话:"以下诸国皆永乐宣德间中官使西洋有随去周老人者所说。"这个"周老人"大概是像费信、马欢、巩珍等一样随船下西洋的人。可能他不会书写,所以只能口述,由别人记下来。从这一句话中可以看出,《云台广记》中的材料,是得自口述,不是转抄。这些材料的价值,由此可见。

1991 年 10 月 28 日

新年抒怀

除夕之夜,半夜醒来,一看表,是一点半钟,心里轻轻地一颤:又过去一年了。

小的时候,总希望时光快快流逝,盼过节,盼过年,盼迅速长大成人。然而,时光却偏偏好像停滞不前,小小的心灵里溢满了忿忿不平之气。

但是,一过中年,人生之车好像是从高坡上滑下,时光流逝得像电光一般,它不饶人,不了解人的心情,愣是狂奔不已。一转眼间,"两岸猿声啼不住,轻舟已过万重山"。滑过了花甲,滑过了古稀,少数幸运者或者什么者,滑到了耄耋之年。人到了这个境界,对时光的流逝更加敏感。年轻的时候考虑问题是以年计,以月计。到了此时,是以日计,以小时计了。

我是一个幸运者或者什么者,眼前正处在耄耋之年。我的心情不同于青年,也不同于中年,纷纭万端,决不是三两句就能说清楚的。我自己也理不出一个头绪来。

过去的一年,可以说是我一生最辉煌的年份之一。求全之毁根本没有,不虞之誉却多得不得了,压到我身上,使我无法消化,使我感到沉重。有一些称号,初戴到头上时,自己都感到吃惊,感到很不习惯。就在除夕的前一天,也就是前天,在解放后第一次全国性的国家图书奖会议上,在改革开放以来十几年的、包括文理法农工医以及军事等等方面的九万多种图书中,在中宣部和财政部的关怀和新闻出版署的直接领导下,经过全国七十多位专家的认真细致的评审,共评出国家图书奖45种。只要看一看这个比例数字,就能够了解获奖之困难。我自始至终参加了评选工作。至于自己同获奖有份,一开始时,我连做梦都没有梦到。然而结果我却有两部书获奖。在小组会上,我曾要求撤出我那一本书,评委不同意。我只能以不投自己的票来处理此事。对这个结果,要说自己不高兴,那是矫情,那是虚伪,为我所不取。我更多地感觉到的是惶恐不安,感觉到惭愧。许多非常有价值的图书,由于种种原因,没能评上,自己却一再滥竽。这也算是一种机遇,也是一种幸运吧。我在这里还要补上一句:在旧年的最后一天的《光明日报》上,我读到老友邓广铭教授对我的评价,我也是既感且愧。

我过去曾多次说到,自己向无大志,我的志是一步步提高的,有如水涨船高。自己决非什么天才,我自己评估是一个中人之才。如果自己身上还有什么可取之处的话,那就是,自己是勤奋的,这一点差堪自慰。我是一个富于感情的人,是一个自知之明超过需要的人,是一个思维不懒惰、脑筋永远不停地转动的人。我得利之处,恐怕也在这里。过去一年中,在我走的道路上,撒满了玫瑰花;到处是笑脸,到处是赞誉。我成为一个"很可接触者"。要了解我过去一年的心情,必须把我的处境同我的性格,同我内心的感情联系在一起。

现在写"新年抒怀",我的"怀",也就是我的心情,在过去一年我的心情是什么样子的呢?

首先是,我并没有被鲜花和赞誉冲昏了头脑,我的头脑是颇为清醒的。一位年轻的朋友说,我似乎忘记了自己的年龄。这只是一个表面现象。尽管从表面上来看,我似乎是朝气蓬勃,在学术上野心勃勃,我揽的工作远远超过一个耄耋老人所能承担的,我每天的工作量在同辈人中恐怕也居上乘。但是我没有忘乎所以,我并没有忘记自己的年龄。在友朋欢笑之中,在家庭聚乐之中,在灯红酒绿之时,在奖誉纷至沓来之时,我满面含笑,心旷神怡,却蓦地会在心灵中一闪念:"这一出戏快结束了!"我像撞客的人一样,这一闪念紧紧跟随着我,我摆脱不掉。

是我怕死吗?不,不,决不是的。我曾多次讲过:我的性命本应该在"十年浩劫"中结束的。在比一根头发丝还细的偶然性中,我侥幸活了下来。从那以后,我所有的寿命都是白捡来的;多活一天,也算是"赚"了。而且对于死,我近来也已形成了一套完整的看法:"应尽便须尽,无复独多虑。"死是自然规律,谁也违抗不得。用不着自己操心,操心也无用。

那么我那种快煞戏的想法是怎样来的呢?记得在大学读书时,读过俞平伯先生的一篇散文《重过西园码头》,时隔六十余年,至今记忆犹新。其中有一句话:"从现在起我们要仔仔细细地过日子了。"这就说明,过去日子过得不仔细,甚至太马虎。俞平伯先生这样,别的人也是这样,我当然也不例外。日子当前,总过得马虎。时间一过,回忆又复甜蜜。宋词中有一句话——"当时只道是寻常",真是千古名句,道出了人们的这种心情。我希望,现在能够把当前的日子过得仔细一点,认为不寻常一点。特别是在走上了人生最后一段路程时,更应该这样。因此,我的快煞戏的感觉,完全是积极的,没有消极的东西,更与怕死没有牵连。

在这样的心情的指导下,我想得很多很多,我想到了很多的人。首先是想到了老朋友,清华时代的老朋友胡乔木,最近几年曾几次对我说,他要想看一看年轻时候的老朋友。他说:"见一面少一面了!"初听时,我还觉得他过于感伤。后来逐渐品味出他这一句话的分量。可惜他前年就离开了我们,走了。去年我用实际行动响应了他的话。我邀请了六七位有五六十年友谊的老友聚了一次。大家都白发苍苍了，但都兴会淋漓。我认为自己干了一件好事。我哪里会想到，参加聚会的吴组缃现已病卧医院中。我听了心中一阵颤动。今天元旦，我潜心默祷，祝他早日康复，参加我今年准备的聚会。没有参加聚会的老友还有几位。我都一一想到了，我在这里也为他们的健康长寿祷祝。

我想到的不只有老年朋友，年轻的朋友，包括我的第一代、第二代、第三代的学生，无论是在国内，还是在国外，我也都一一想到了。我最近颇接触了一些青年学生，我认为他们是我的小友。不知道为什么我对这一群小友的感情越来越深，几乎可以同我的年龄成正比。他们朝气蓬勃，前程似锦。我发现他们是动脑筋的一代，他们思考着许许多多的问题，淳朴，直爽，处处感动着我。俗话说："长江后浪推前浪，世上新人换旧人。"我们祖国的希望和前途就寄托在他们身上，全人类的希望和前途也寄托在他们身上。对待这一批青年，唯一正确的做法是理解与爱护，诱导与教育，同时还要向他们学习。这是就公而言。在私的方面，我同这些生龙活虎般的青年们在一起，他们身上那一股朝气，充盈洋溢，仿佛能冲刷掉我身上这一股暮气，我顿时觉得自己年轻了若干年。同青年们接触真能延长我的寿命。古诗说："服食求神仙，多为药所误。"我一不服食，二不求神。青年学生就是我的药石，就是我的神仙。我企图延长寿命，并不是为了想多吃人间几千顿饭。我现在吃的饭并不特别好吃，多吃若干顿饭是毫无意义的。我现在计划要做的学术工作还很多，好像一个人在日落西山的时分，前面还有颇长的路要走。我现在只希望多活上几年，再多走几程路，在学术上再多做点工作，如此而已。

在家庭中，我这种煞戏的感觉更加浓烈。原因也很简单，必然是因为我认为这一出戏很有看头，才不希望它立刻就煞，因而才有这种浓烈的感觉。如果我认为这一出戏不值一看，它煞不煞与己无干,淡然处之,这种感觉从何而来?过去几年,我们家屡遭大故。老祖离开我们,走了。女儿也先我而去。这在我的感情上留下了永远无法弥补的伤痕。尽管如此,我仍然有一个温馨的家。我的老伴、儿子和外孙媳妇仍然在我的周围。我们和睦相处,相亲相敬。每一个人都是一个最可爱的人。除了人以外,家庭成员还有两只波斯猫,一只顽皮,一只温顺,也都是最可爱的猫。家庭的空气怡然,盎然。可是,前不久,老伴突患脑溢血,住进医院。在她没病的时候,她已经不良于行,整天坐在床上。我们平常没有多少话好说。可是我每天从大图书馆走回家来,好像总嫌路长,希望早一点到家。到了家里,在破藤椅上一坐,两只波斯猫立即跳到我的怀里,让我搂她们睡觉。我也眯上眼睛,小憩一会儿。睁眼就看到从窗外流进来的阳光,在地毯上流成一条光带,慢慢地移动。在百静中,万念俱息,怡然自得。此乐实不足为外人道也。然而老伴却突然病倒了。在那些严重的日子里,我再从大图书馆走回家来,我在下意识中,总嫌路太短,我希望它长,更长,让我永远走不到家。家里缺少一个虽然坐在床上不说话却散发着光与热的人。我感到冷清,我感到寂寞,我不想进这个家门。在这样的情况下,我心里就更加频繁地出现那一句话:"这一出戏快煞戏了!"但是,就目前的情况来看,老伴虽然仍然住在医院里,病情已经有了好转。我在盼望着,她能很快回到家来,家里再有一个虽然不说话但却能发光发热的人,使我再能静悄悄地享受沉静之美,让这一出早晚要煞戏的戏再继续下去演上几幕。

按世俗的算法,从今天起,我已经达到八十三岁的高龄了,几乎快到一个世纪了。我虽然不爱出游,但也到过三十个国家,应该说是见多识广。在国内将近半个世纪,经历过峰回路转,经历过柳暗花明,快乐与苦难并列,顺利与打击杂陈。我脑袋里的回忆太多了,过于多了。眼前的工作又是头绪万端,谁也说不清我究竟有多

41

少名誉职称,说是打破纪录,也不见得是夸大。但是,在精神上和身体上的负担太重了,我真有点承受不住了。尽管正如我上面所说的,我一不悲观,二不厌世,可是我真想休息了。古人说:"大块劳我以生,息我以死。"德国伟大诗人歌德晚年有一首脍炙人口的诗,最后一句是 ruhst du auch(你也休息),仿佛也表达了我的心情,我真想休息一下了。

心情是心情,活还是要活下去的。自己身后的道路越来越长,眼前的道路越来越短,因此前面剩下的这短短的道路,更弥加珍贵。我现在过日子是以天计,以小时计。每一天每一个小时都是可贵的。我希望真正能够仔仔细细地过,认认真真地过,细细品味每一分钟每一秒钟,我认为每一分每一秒都不"寻常"。我希望千万不要等到以后再感到"当时只道是寻常",空吃后悔药,徒唤奈何。对待自己是这样。对待别人,也是这样。我希望尽上自己最大的努力,使我的老朋友,我的小朋友,我的年轻的学生,当然也有我的家人,都能得到愉快。我也决不会忘掉自己的祖国。只要我能为她做到的事情,不管多么微末,我一定竭尽全力去做。只有这样,我心里才能获得宁静,才能获得安慰。"这一出戏就要煞戏了",它愿意什么时候煞,就什么时候煞吧。

现在正是严冬。室内春意融融,窗外万里冰封。正对着窗子的那一棵玉兰花,现在枝干光秃秃的一点生气都没有。但是枯枝上长出的骨朵却象征着生命,蕴含着希望。花朵正蜷缩在骨朵内心里,春天一到,东风一吹,会立即绽开白玉似的花。池塘里,眼前只有残留的枯叶在寒风中在层冰上摇曳。但是,我也知道,只等春天一到,坚冰立即化为粼粼的春水。现在蜷缩在黑泥中的叶子和花朵,在春天和夏天里都会蹿出水面。在春天里,"莲叶何田田"。到了夏天,"接天莲叶无穷碧,映日荷花别样红"。那将是何等光华烂漫的景色啊。"既然冬天到了,春天还会远吗?"我现在一方面脑筋里仍然会不时闪过一个念头——"这一出戏快煞戏了",这丝毫也不含糊;但是,另一方面我又觉得这一出戏的高潮还没有到,恐怕在煞戏前的那一刹那才是真正的高潮,这一点也决不含糊。

1994 年 1 月 1 日

老少之间

在任何国家、任何时代的任何社会里,总都会有老年人和青少年人同时并存。从年龄上来说,这是社会的两极,中间是中年,这样一些不同年龄的阶层,共同形成了我们的社会,所谓芸芸众生者就是。

从社会方面来讲,这个模式是不变的,是固定的。但是,从每一个人来说,它却是不固定的,经常变动的。今天你是少年,转瞬就是中年。你如果不中途退席的话,前面还有一个老年阶段在等候着你。老年阶段以后呢?那谁都知道,用不着细说。

想要社会安定,就必须处理好这三个年龄阶段之间的关系,特别是社会两极的老年与少年的关系。现在人们有时候讲到"代沟"——我看这也是舶来品——有人说有,有人说无,我是承认有的。因为事实就是如此,是否认不掉的。而且从某种意义上来说,有"代沟"正标明社会在不断前进。如果不前进,"沟"从何来?

承认有"代沟",不就万事大吉。真要想保持社会的安定团结,还必须进一步对"沟"两边的具体情况加以分析。中年这一个中间阶段,我先不说,我只分析老少这两极。

一言以蔽之,这两极各有各的优缺点。老年人人生经历多,识多见广,这是优点。缺点往往是自以为是,执拗固执。动不动就是:我吃的盐比你吃的面还多,我走过的桥比你走过的路还长。个别人仕途失意,牢骚满腹:"世人皆醉而我独醒,世人皆浊而我独清。"简直变成了九斤老太,唠唠叨叨,什么都是从前的好。结果惹得大家都不痛快。

我现在这里特别提出一个我个人观察到的老年人的缺点,就是喜欢说话,喜欢长篇发言。开一个会两小时,他先包办一半,甚至四分之三。别人不耐烦看表,他老眼昏花,不视不见,结果如何?一想便知。听说某大学有一位老教授。开会他一发言,有经验的人士就回家吃饭。酒足饭饱,回来看,老教授的发言还没有结束,仍然在那里"悬河泻水"哩。

因此,我对老年人有几句箴言:老年之人,血气已衰;刹车失灵,戒之在说。

至于年轻人,他们朝气蓬勃,进取心强。在他们眼前的道路上,仿佛铺满了玫瑰花。他们对任何事情都不畏缩,九天揽月,五洋捉鳖,易如反掌,唾手可得。这是一种非常可贵的精神,只能保护,不能挫伤。然而他们的缺点就正隐含在这种优点中。他们只看到玫瑰花的美,只闻到玫瑰花的香;他们却忘记了玫瑰花是带刺的,稍不留心,就会扎手。

那么,怎么办呢?我没有什么高招,我只有几句老生常谈:老年少年都要有自知之明,越多越好。老的不要"倚老卖老",少的不要"倚少卖少"。后一句话是我杜撰出来的,我个人认为,这个杜撰是正确的。老少之间应当互相了解,理解,谅解。最重要的是谅解。有了这个谅解,我们社会的安定团结就有了保证。

1994年7月3日

1995年元旦抒怀

——求仁而得仁,又何怨!

是不是自己的神经出了点毛病?最近几年以来,心里总想成为一个悲剧性人物。

六十年前,我在清华大学念书的时候,有一门课叫作"当代长篇小说"。英国老师共指定了五部书,都是当时在世界上最流行的,像今天名震遐迩的乔伊斯的《尤利西斯》和普鲁斯特的《追忆逝水年华》都包括在里面。这些书我都似懂非懂地读过了,考试及格了,便一股脑儿还给了老师,脑中一片空白,连故事的影子都没有了。

独独有一部书是例外,这就是英国作家哈代的 The Return of the Native(《还乡》)。但也只记住了一个母亲的一句话:"我是一个被儿子遗弃了的老婆子!"我觉得这个母亲的处境又可怜,又可羡。怜容易懂,羡又从何来呢?人生走到这个地步,也并不容易。在人生的道路上,每一个人都是孤独的旅客。与其舒舒服服,懵懵懂懂活一辈子,倒不如品尝一点不平常的滋味,似苦而实甜。

我这种心情有点变态,但我这个人是十分正常的。这大概同我当时的处境有关。离别了八年以后,我最爱的母亲突然离开了人世,走了。这对我是一个空前绝后的打击。我从遥远的故都奔丧回家。我真想取掉自己的生命,追陪母亲于地下。我们家住在村外,家中只有母亲一人。现在人去屋空。我每天在村内二大爷家吃过晚饭,在薄暮中拖着沉重的步子,踽踽独行,走回家来。大坑里的水闪着白光。柴门外卧着一团黑乎乎的东西,是陪伴母亲度过晚年的那一只狗。现在女主人一走,没人喂食。它白天到村内不知谁家蹭上一顿饭(也许根本蹭不上),晚上仍然回家,守卫着柴门,决不离开半步。它见了我,摇一摇尾巴,跟我走进院子。屋中正中停着母亲的棺材,里屋就是我一个人睡的土炕。此时此刻,万籁俱寂,只有这一条狗,陪伴着我,为母亲守灵。我心如刀割,抱起狗来,亲它的嘴,久久不能放下。人生至死,天道宁论!在茫茫宇宙间,仿佛只剩下了我和这一条狗了。

是我遗弃了母亲吗?不能说不是:你为什么竟在八年的长时间中不回家看一看母亲呢?不管什么理由,都是说不通的,我万死不能辞其咎。哈代小说中的母亲,同我母亲的情况是完全不一样的。然而其结果则是相同或者至少是相似的。我母亲不知多少次倚闾望子,不知多少次在梦中见儿子,然而一切枉然,终于含恨离去了。

我幻想成为一个悲剧性的人物,是不是与此有些关联呢?恐怕是有的。在我灵魂深处,我对母亲之死抱终天之恨,没有任何仙丹妙药能使它消泯。今生今世,我必须背负着这个十字架,我决不会再有什么任何形式的幸福生活。我不是一个悲剧性的人物又是什么呢?

然而我最近梦寐以求的悲剧性,又决非如此简单,我心目中的悲剧,决不是人世中的小恩小怨、小仇小恨。这些能够激起人们的同情与怜悯、慨叹与忧思的悲剧,不是我所想象的那种悲剧。我期望的究竟是什么样的悲剧呢?我好像一时也说不清楚。我大概期望的是类似能"净化"人们的灵魂的古希腊悲剧。相隔上万里,相距数千年,得到它又谈何容易啊!

然而我却于最近于无意中得之,岂不快哉!岂不快哉!这里面当然也有遗弃之类的问题。但并不是自己被遗弃,而是自己遗弃了别人。自己怎么会遗弃别人呢？不说也罢。总之,在我家庭中,老祖走了,德华走了,我的女儿婉如也走了。现在就剩下了我一个孤家寡人,赤条条来去无牵挂了。成为一个悲剧性的人物,条件都已具备,只待东风了。

孔子曰:求仁而得仁,又何怨!

1995年1月2日

读朱自清《背影》

这几乎是一篇家喻户晓的名篇,自来论之者众矣。但是,我总觉得,还有许多话要说,所以写了这一篇短文。

从艺术性来看,这篇文章朴素无华,语言淳朴自然,毫无矫揉造作之处。这是朱自清先生一贯的文风,实际上用不着再多费笔墨,众多的评论家,在这一点上,意见几乎是完全一致的。

至于思想性,则可说的话就非常非常多了。我个人认为,有一些十分重要的话,过去并没有人说过,不能不影响对这一名篇的欣赏。

要想真正理解这一篇文章的含义,不能不从中华民族的文化、中华民族的历史谈起。什么是中华文化的精义呢?几乎言人人殊,论点多如牛毛。但我认为,都没有说到点子上。先师陈寅恪先生在《王观堂先生挽词》的《序》中说:"吾中国文化之定义,见于《白虎通》三纲六纪之说,其意义为抽象理想最高之境,犹希腊柏拉图所谓 Idea 者。"《白虎通》的"三纲",指的是君臣、父子、夫妇。"六纪"指的是诸父、兄弟、族人、诸舅、师长、朋友。这些话今天看来未免有点迂腐,也不能说其中没有糟粕,比如"夫为妇纲"之类。至于君臣,今天根本没有了;但是国家与人民却差堪比拟。总之,我们应取其精髓,不能拘泥于字面。

无独有偶,我偶然读到香港著名学者饶宗颐教授的一篇访问记。饶先生说:"中国文化所以能延绵数千年,仍有如此凝聚力量,实乃受两个因素所驱使,一是文字,二是纲纪,即礼也。依我多年所悟,中华文化的特点,是在儒家思想中的'礼',是处理人际关系的学问,这个关系就建立在道德的基础上,要明是非,方能取得'和',所以《论语》说:'礼之用,和为贵。'"

饶先生的意见同陈先生几乎是完全一致的。这两位哲人实在可以说是"英雄所见略同"。今天,人们在国内讲"安定团结",在国际上我们主张和平,讲"和为贵"。人际关系和国际关系,都需要一定道德伦理的制约,纲纪就是制约的手段。没有这个手段,则国将大乱,国际间也不会安宁。打一个简单明了的比方,纲纪犹如大街上的红绿灯。试思:如果大街上没有了红绿灯,情况将会何等混乱,不是一想就明白吗?

我仿佛听到有人提抗议了:你扯这么远,讲这样一些大道理,究竟想干什么呢?

我并没有走题,而且是紧紧地扣住了题,《背影》表现的就正是三纲之一的父子这一纲的真精神。中国一向主张父慈子孝。在社会上,孝是一种美德。在历史上,不知道有多少皇帝标榜"以孝治天下"。然而,在西方呢?拿英文来说,根本就没有一个与汉文"孝"字相当的单词,要想翻译中国的"孝"字,必须绕一个弯子,译作 Filial riety,直译就是"子女的虔诚"。你看啰唆不啰唆!

这一字之差,有人或许说这是一件小事。然而,据我看,这却是一件大事,明确地说明了东西方社会伦理道德之不同。我只说我们的好,不说别人的坏。西方当然也有制约社会活动求得安定的办法,否则社会将不成为社会了。我们中国的办法就是利用几千年传下来的文化,特别是其中的精义纲纪的学说来调整人际关系,人际关系得到调整,则社会安定也就有了保障。再济之以法,那么天下就可以太平了。

我觉得,读朱自清先生的《背影》,就应该把眼光放远,远到齐家、治国、平天下。然后才能真正体会到这篇名文所蕴含的真精神。若只拘泥于欣赏真挚感人的父子之情，则眼光就未免太短浅了。

1995 年 2 月 21 日

人　生

在一个"人生漫谈"的专栏中,首先谈一谈人生,似乎是理所当然的,未可厚非的。

而且我认为,对于我来说,这个题目也并不难写。我已经到了望九之年,在人生中已经滚了八十多个春秋了。一天天面对人生,时时刻刻面对人生,让我这样一个世故老人来谈人生,还有什么困难呢?岂不是易如反掌吗?

但是,稍微进一步一琢磨,立即出了疑问:什么叫人生呢?我并不清楚。

不但我不清楚,我看芸芸众生中也没有哪一个人真清楚的。古今中外的哲学家谈人生者众矣。什么人生意,又是什么人生的价值,花样繁多,扑朔迷离,令人眼花缭乱;然而他们说了些什么呢?恐怕连他们自己也是越谈越糊涂。以己之昏昏,焉能使人昭昭!

哲学家的哲学,至矣高矣。但是,恕我大不敬,他们的哲学同吾辈凡人不搭界,让这些哲学,连同它们的"家",坐在神圣的殿堂里去独现辉煌吧!像我这样一个凡人,吃饱了饭没事儿的时候,有时也会想到人生问题。我觉得,我们"人"的"生",都绝对是被动的。没有哪一个人能先制订一个诞生计划,然后再下生,一步步让计划实现。只有一个人是例外,他就是佛祖释迦牟尼。他住在天上,忽然想降生人寰,超度众生。先考虑要降生的国家,再考虑要降生的父母。考虑周详之后,才从容下降。但他是佛祖,不是吾辈凡人。

吾辈凡人的诞生,无一例外,都是被动的,一点主动也没有。我们糊里糊涂地降生,糊里糊涂地成长,有时也会糊里糊涂地夭折,当然也会糊里糊涂地寿登耄耋,像我这样。

生的对立面是死。对于死,我们也基本上是被动的。我们只有那么一点主动权,那就是自杀。但是,这点主动权却是不能随便使用的。除非万不得已,是决不能使用的。

我在上面讲了那么些被动,那么些糊里糊涂,是不是我个人真正欣赏这一套,赞扬这一套呢?否,否,我决不欣赏和赞扬。我只是说了一点实话而已。

正相反,我倒是觉得,我们在被动中,在糊里糊涂中,还是能够有所作为的。我劝人们不妨在吃饱了燕窝鱼翅之后,或者在吃糠咽菜之后,或者在卡拉 OK、高尔夫之后,问一问自己:你为什么活着?活着难道就是为了恣睢的享受吗?难道就是为了忍饥受寒吗?问了这些简单的问题之后,会使你头脑清醒一点,会减少一些糊涂。谓予不信,请尝试之。

1996 年 11 月 9 日

再谈人生

人生这样一个变化莫测的万花筒,用千把字来谈,是谈不清楚的。所以来一个"再谈"。

这一回我想集中谈一下人性的问题。

大家知道,中国哲学史上,有一个不大不小的争论问题:人是性善,还是性恶?这两个提法都源于儒家。孟子主性善,而荀子主性恶。争论了几千年,也没有争论出一个名堂来。

记得鲁迅先生说过:"人的本性是,一要生存,二要温饱,三要发展。"(记错了,由我负责。)这同中国古代一句有名的话,精神完全是一致的:"食色,性也。"食是为了解决生存和温饱的问题,色是为了解决发展问题,也就是所谓传宗接代。

我看,这不仅仅是人的本性,而且是一切动植物的本性。试放眼观看大千世界,林林总总,哪一个动植物不具备上述三个本能?动物姑且不谈,只拿距离人类更远的植物来说,"桃李无言",它们不但不能行动,连发声也发不出来。然而,它们求生存和发展的欲望,却表现得淋漓尽致。桃李等结甜果子的植物,为什么结甜果子呢?无非是想让人和其他能行动的动物吃了甜果子把核带到远的或近的其他地方,落到地上,生入土中,能发芽、开花、结果,达到发展,即传宗接代的目的。

你再观察,一棵小草或其他植物,生在石头缝中,或者甚至压在石头块下,缺水少光,但是它们却以令人震惊得目瞪口呆的毅力,冲破了身上的重压,弯弯曲曲地、忍辱负重地长了出来,由细弱变为强硬,由一根细苗甚至变成一棵大树,再作为一个独立体,继续顽强地实现那三种本性。"下自成蹊",就是"无言"的结果吧。

你还可以观察,世界上任何动植物,如果放纵地任其发挥自己的本性,则在不太长的时间内,哪一种动植物也能长满塞满我们生存的这一个小小的星球地球。那些已绝种或现在濒临绝种的动植物,属于另一个范畴,另有其原因,我以后还会谈到。

那么,为什么到现在还没有哪一种动植物——包括万物之灵的人类在内——能塞满了地球呢?

在这里,我要引老子的话:"天地不仁,以万物为刍狗。"是造化小儿——谁也不知道,他究竟有没有?他究竟是什么样子?我不信什么上帝,什么天老爷,什么大梵天,宇宙间没有他们存在的地方。

但是,冥冥中似乎应该有这一类的东西,是他或它巧妙计算,不让动植物的本性光合得逞。

1996 年 11 月 12 日

三论人生

上一篇《再论》戛然而止，显然没有能把话说完，所以再来一篇《三论》。

造化小儿对禽兽和人类似乎有点区别对待的意思。它给你生存的本能，同时又遏制这种本能，方法或者手法颇多。制造一个对立面似乎就是手法之一，比如制造了老鼠，又制造它的天敌猫。

对于人类，它似乎有点优待。它先赋予人类思想（动物有没有思想和言语是一个有争论的问题），又赋予人类良知良能。关于人类本性，我在上面已经谈到。我不大相信什么良知，什么"恻隐之心，人皆有之"；但是我又无从反驳。古人说："人之所以异于禽兽者几希。""几希"者，极少极少之谓也。即使是极少极少，总还是有的。我个人胡思乱想，我觉得，在对待生物的生存、温饱、发展的本能的态度上，就存在着一点点"几希"。

我们观察，老虎、狮子等猛兽，饿了就要吃别的动物，包括人在内。它们决没有什么恻隐之心，决没有什么良知。吃的时候，它们也决不会像人吃人的时候那样，有时还会捏造一些我必须吃你的道理，做好"思想工作"。它们只是吃开了，吃饱为止。人类则有所不同。人与人当然也不会完全一样。有的人确实能够遏制自己的求生的本能，表现出一定的良知和一定的恻隐之心。古往今来的许多仁人志士，都是这方面的好榜样。他们为什么能为国捐躯？为什么能为了救别人而牺牲自己的性命？鲁迅先生所说的"中国的脊梁"，就是这样的人。孟子所谓的"浩然之气"，只有这样的人能有。禽兽中是决不会有什么"脊梁"，有什么"浩然之气"的，这就叫作"几希"。

但是人也不能一概而论，有的人能够做到，有的人就做不到。像曹操说："宁教我负天下人，休教天下人负我！"他怎能做到这一步呢？

说到这里，就涉及伦理道德问题。我没有研究过伦理学，不知道怎样给道德下定义。我认为，能为国家，为人民，为他人着想而遏制自己的本性的，就是有道德的人。能够百分之六十为他人着想，百分之四十为自己着想，他就是一个及格的好人。为他人着想的百分比越高越好，道德水平越高。百分之百，所谓"毫不利己、专门利人"的人是绝无仅有。反之，为自己着想而不为他人着想的百分比，越高越坏。到了曹操那样，就算是坏到了顶。毫不利人、专门利己的人，普天之下倒是不老少的。说这话，有点泄气。无奈这是事实，我有什么办法？

1996 年 11 月 13 日

漫谈撒谎

一

世界上所有的堂堂正正的宗教,以及古往今来的贤人哲士,无不教导人们:要说实话,不要撒谎。笼统来说,这是无可非议的。

最近读日本稻盛和夫、梅原猛著,卞立强译的《回归哲学》第四章,梅原和稻盛两人关于不撒谎的议论。梅原说:"不撒谎是最起码的道德。自己说过的事要实行,如果错了就说错了——我希望现在的领导人能做到这样最普通的事。苏格拉底可以说是最早的哲学家,在苏格拉底之前有些人自称是诡辩家、智者。所谓诡辩家,就是能把白的说成黑的,站在A方或反A方同样都可以辩论。这样的诡辩家教授辩论术,曾经博得人们欢迎。原因是政治需要颠倒黑白的辩论术。"

在这里,我想先对梅原的话加上一点注解。他所说的"现在的领导人",指的是像日本这样国家的政客。他所说的"政治需要颠倒黑白的辩论术",指的是古代希腊的政治。

梅原在下面又说:"苏格拉底通过对话揭露了掌握这种辩论术的诡辩家的无智。因而他宣称自己不是诡辩家,不是智者,而是'爱智者'。这是最初的哲学。我认为哲学家应当回归其原点,恢复语言的权威。也就是说,道德的原点是'不撒谎'。……不撒谎是道德的基本和核心。"

梅原把"不撒谎"提高到"道德原点"的高度，可见他对这个问题是多么重视。我们且看一看他的对话者稻盛是怎样对待这个问题的。稻盛首先表示同意梅原的意见。可是，随后他就撒谎问题作了一些具体的分析。他讲到自己的经历，他说，有一个他敬仰的颇有点浪漫气息的人对他说："稻盛，不能说假话，但也不必说真话。"他听了这话，简直高兴得要跳起来。接着他就写了下面一段话："我从小父母也是严格教导我不准撒谎。我当上了经营的负责人之后，心里还是这么想：说谎可不行啊！可是，在经营上有关企业的机密和人事等问题，有时会出现很难说真话的情况。我想我大概是为这些难题苦恼时而跟他商量的。他的这种回答在最低限度上贯彻了'不撒谎'的态度，但又不把真实情况和盘托出，这样就可以求得局面的打开。"

上面我引用了两位日本朋友的话，一位是著名的文学家，一位是著名的企业家。他们俩都在各自的行当内经过了多年的考验与磨炼，都富于人生经验。他们的话对我们会有启发的。我个人觉得，稻盛引用的他那位朋友的话："不能说假话，但也不必说真话！"最值得我们深思。我的意思就是，对撒谎这类的社会现象，我们要进行细致的分析。

二

我们中国的父母，同日本稻盛的父母一样，也总是教导子女：不要撒谎。可怜天下父母心，总希望自己的子女能作一个堂堂正正的人，一个诚实可靠的人。如果子女撒谎成性，就觉得自己脸面无光。

不但父母这样教导，我们从小受教育也接受这种要诚实、不撒谎的教育。我记得小学教科书上讲了一个故事，内容是：一个牧童在村外牧羊,有一天忽然想出了一个坏点子,大声狂呼:"狼来了!"村里的人听到呼声,都争先恐后地拿上棍棒,带上斧刀,跑往村外,到了牧童所在的地方,那牧童却哈哈大笑,看到别人慌里慌张,觉得很开心,又很得意。谁料过了不久,果真有狼来了,牧童再狂呼时,村里的人却毫无动静,他们上当受骗一次,不想再重蹈覆辙。牧童的结果怎样,就用不着再说了。

所有这一些教导都是好的,但是也有一个共同的缺点,就是缺乏分析。

上面我说到,稻盛对撒谎问题是进行过一些分析的。同样,几百年前的法国大散文家蒙田(1533—1592),对撒谎问题也是作过分析的。在《蒙田随笔》上卷第九章《论撒谎者》,蒙田写道:"有人说,感到自己记性不好的人,休想成为撒谎者,这样说不无道理。我知道,语法学家对说假话和撒谎是作区别的。他们说,说假话是指说不真实的,但却信以为真的事,而撒谎一词源于拉丁语(我们的法语就源于拉丁语)。这个词的定义包含违背良知的意思,因此只涉及那些言与心违的人。"

大家一琢磨就能够发现,同样是分析,但日本朋友和蒙田的着眼点和出发点,都是不同的。其间区别是相当明显的,用不着再来啰唆。

记得鲁迅先生有一篇文章,讲的是一个阔人生子庆祝,宾客盈门,竞相献媚。有人说:此子将来必大富大贵。主人喜上眉梢。又有人说,此子将来必长命百岁。主人乐在心头。忽然有一个人说:此子将来必死。主人怒不可遏。但是,究竟谁说的是实话呢?

写到这里,我自己想对撒谎问题来进行点分析。我觉得,德国人很聪明,他们有一个词儿 notluege,意思是"出于礼貌而不得不撒的谎"。一般说来,不撒谎应该算是一种美德,我们应该提倡。但是不能顽固不化。假如你被敌人抓了去,完全说实话是不道德的,而撒谎则是道德的。打仗也一样。我们古人说"兵不厌诈",你能说这是不道德吗？我想,举了这两个小例子,大家就可以举一反三了。

1996 年 12 月 7 日

容　忍

人处在家庭和社会中,有时候恐怕需要讲点容忍的。

唐朝有一个姓张的大官,家庭和睦,美名远扬,一直传到了皇帝的耳中。皇帝赞美他治家有道,问他道在何处,他一气写了一百个"忍"字。这说得非常清楚:家庭中要互相容忍,才能和睦。这个故事非常有名。在旧社会,新年贴春联,只要门楣上写着"百忍家声"就知道这一家一定姓张。中国姓张的全以祖先的容忍为荣了。

但是容忍也并不容易。1935年,我乘西伯利亚铁路的车经苏联赴德国,车过中苏边界上的满洲里,停车四小时,由苏联海关检查行李。这是无可厚非的,入国必须检查,这是世界公例。但是,当时的苏联大概认为,我们这一帮人,从一个资本主义国家到另一个资本主义国家,恐怕没有好人,必须严查,以防万一。检查其他行李,我决无意见。但是,在哈尔滨买的一把最粗糙的铁皮壶,却成了被检查的首要对象。这里敲敲,那里敲敲,薄薄的一层铁皮决藏不下一颗炸弹的,然而他却敲打不止。我真有点无法容忍,想要发火。我身旁有一位年老的老外,是与我们同车的,看到我的神态,在我耳旁悄悄地说了句:Patience is the great virtue(容忍是很大的美德)。我对他微笑,表示致谢。我立即心平气和,天下太平。

看来容忍确是一件好事,甚至是一种美德。但是,我认为,也

容　忍

必须有一个界限。我们到了德国以后,就碰到这个问题。旧时欧洲流行决斗之风,谁污辱了谁,特别是谁的女情人,被污辱者一定要提出决斗。或用手枪,或用剑。普希金就是在决斗中被枪打死的。我们到了的时候,此风已息;但仍发生。我们几个中国留学生相约:如果外国人污辱了我们自身,我们要揣度形势,主要要容忍,以东方的恕道克制自己。但是,如果他们污辱我们的国家,则无论如何也要同他们玩儿命,决不容忍。这就是我们容忍的界限。幸亏这样的事情没有发生,否则我就活不到今天在这里舞笔弄墨了。

现在我们中国人的容忍水平,看了真让人气短。在公共汽车上,挤挤碰碰是常见的现象。如果碰了或者踩了别人,连忙说一声:"对不起!"就能够化干戈为玉帛,然而有不少人连"对不起"都不会说了。于是就相吵相骂,甚至于扭打,甚至打得头破血流。我们这个伟大的民族怎么竟变成了这个样子!我在自己心中暗暗祝愿:容忍兮,归来!

1996 年 12 月 17 日

恭贺新禧

按公历计算,一个新年又开始了。

什么叫"公历"?大家都知道,没有一个耶稣,就根本不会有什么"公历",公历是人为地创造出来的。可是,如果没有公历,我真不知道,当今西方国家怎样来纪年。我们中国现在也采用公历纪年,不过是"吾从众"而已。如果没有什么劳什子公历,我们中华民族照样潇洒自如,我们有一套老祖宗传下来的办法:甲子纪年。当年元代蒙古人用什么虎儿年、兔儿年等等,也属于甲子这个体系。

不管用什么历,现在既然是新年,按照老规矩就应该说几句吉利的话。中国是文明古国,也是文字古国,现成的吉利话多得很,多得远远超过需要。我现在一摇脑袋,几副现成的对联立即摇了出来。多了也没有用,只说一副:

天增岁月人增寿
春满乾坤福满门

我小时候在济南过新年,在许多人家的大门上,都能读到这副对联,对仗工整,铿锵上口,我非常欣赏,至今难忘。

这副对联,内容简明,并没有什么深文奥义。第一联讲的是事实,多了一年,天当然就增添了岁月,人当然也就增加了寿命。第二联却只能算是一种希望。春一定会溢满乾坤的,但是谁又能保证，这个春一定能象征吉祥如意，生气勃勃呢？至于"福满门"，那就更有点玄虚。这仅仅是一句吉利话，说者和听者都心照不宣，但彼此都会感到愉快的。

《新民晚报》是上海人民以及全国人民都喜爱的报纸，新年伊始，我这个作者焉能不按照老规矩，向上海人民恭贺新禧说上几句吉利话呢？最好的吉利话还是：祝愿上海人民以及外地的读者"春满乾坤福满门"！但是，我说这一句话，却同旧日贴在大门上的那一副对联有极大的区别，这不仅仅是一个极有礼貌真诚满腔，但却不免有点空洞的祝愿，而是我的一个预言。我预言，不出十年，上海必将成为全国的经济中心，成为对外贸易的枢纽。

我不是"季铁嘴"，也不是"季半仙"，说不说由我，信不信由你。如果问我：有什么根据？这问题且暂时保密。谓予不信，请拭目以待！我欢迎大家来"秋后算账"。

1997 年 1 月 1 日

傻　瓜

天下有没有傻瓜？有的,但却不是被别人称作"傻瓜"的人,而是认为别人是傻瓜的人,这样的人自己才是天下最大的傻瓜。

我先把我的结论提到前面明确地摆出来,然后再条分缕析地加以论证。这有点违反胡适之先生的"科学方法"。他认为,这样做是西方古希腊亚里士多德首倡的演绎法,是不科学的。科学的做法是他和他老师杜威的归纳法,先不立公理或者结论,而是根据事实,用"小心地求证"的办法,去搜求证据,然后才提出结论。

我在这里实际上并没有违反"归纳法"。我是经过了几十年的观察与体会,阅尽了芸芸众生的种种相,去粗取精,去伪存真以后,才提出了这样的结论。为了凸现它的重要性,所以提到前面来说。

闲言少叙,书归正传。有一些人往往以为自己最聪明,他们争名于朝,争利于市,锱铢必较,斤两必争。如果用正面手段,表面上的手段达不到目的的话,则也会用些负面的手段,暗藏的手段,来蒙骗别人,以达到损人利己的目的。结果怎样呢？结果是:有的人真能暂时得逞,"春风得意马蹄疾,一日看遍长安花"。大大地辉煌了一阵,然后被人识破,由座上客一变而为阶下囚。有的人当时就能丢人现眼。《红楼梦》中有两句话说:"机关算尽太聪明,反误了卿卿性命。"这话真说得又生动,又真实。我决不是说,世界上人人都是这样子,但是,从中国到外国,从古代到现代,这样的例子还算少吗?

原因何在?原因就在于:这些人都把别人当成了傻瓜。

我们中国有几句尽人皆知的俗话:"善有善报,恶有恶报;不是不报,时候未到;时候一到,一切皆报。"这真是见道之言。把别人当傻瓜的人,归根结底,会自食其果。古代的统治者对这个道理似懂非懂。他们高叫:"民可使由之,不可使知之。"是想把老百姓当傻瓜,但又很不放心,于是派人到民间去采风,采来了不少政治讽刺歌谣。杨震是聪明人,对向他行贿者讲出了"四知"。他知道得很清楚:除了天知、地知、你知、我知之外,不久就会有一个第五知:人知。他是不把别人当作傻瓜的,还是老百姓最聪明。他们中的聪明人说:"若要人不知,除非己莫为。"他们不把别人当傻瓜。

可惜把别人当傻瓜的现象,自古亦然,于今尤烈。救之之道只有一条:不自作聪明,不把别人当傻瓜,从而自己也就不是傻瓜。哪一个时代,哪一个社会,只要能做到这一步,全社会就都是聪明人,没有傻瓜,全社会也就会安定团结。

1997 年 3 月 11 日

世态炎凉

世态炎凉,古今所共有,中外所同然,是最稀松平常的事,用不着多伤脑筋。元曲《冻苏秦》中说:"也素把世态炎凉心中暗忖。"《隋唐演义》中说:"世态炎凉,古今如此。"不管是"暗忖",还是明忖,反正你得承认这个"古今如此"的事实。

但是,对世态炎凉的感受或认识的程度,却是随年龄的大小和处境的不同而很不相同的,决非大家都一模一样。我在这里发现了一条定理:年龄大小与处境坎坷同对世态炎凉的感受成正比。年龄越大,处境越坎坷,则对世态炎凉感受越深刻。反之,年龄越小,处境越顺利,则感受越肤浅。这是一条放诸四海而皆准的定理。

我已到望九之年,在八十多年的生命历程中,一波三折,好运与多舛相结合,坦途与坎坷相混杂,几度倒下,又几度爬起来,爬到今天这个地步。我可是真正参透了世态炎凉的玄机,尝够了世态炎凉的滋味。特别是"十年浩劫"中,我因为胆大包天,自己跳出来反对"北大"那一位炙手可热的"老佛爷",被戴上了种种莫须有的帽子,被"打"成了反革命,遭受了极其残酷的至今回想起来还毛骨悚然的折磨。从牛棚里放出来以后,有长达几年的一段时间,我成了燕园中一个"不可接触者"。走在路上,我当年辉煌时对我低头弯腰毕恭毕敬的人,那时却视若路人,没有哪一个敢或肯跟我说一句话的。我也不习惯于抬头看人,同人说话。我这个人已经异化为"非-人"。一天,我的孙子发烧到40度,老祖和我用破自行车推着到校医院去急诊。一个女同事竟吃了老虎心豹子胆似的,帮我这个已经步履蹒跚的花甲老人推了推车。我当时感动得热泪盈眶,如吸甘露,如饮醍醐。这件事、这个人我毕生难忘。

　　雨过天晴,云开雾散,我不但"官"复原职,而且还加官晋爵,又开始了一段辉煌。原来是门可罗雀,现在又是宾客盈门。你若问我有什么想法没有,想法当然是有的,一个忽而上天堂,忽而下地狱,又忽而重上天堂的人,哪能没有想法呢?我想的是:世态炎凉,古今如此。任何一个人,包括我自己在内,以及任何一个生物,从本能上来看,总是趋吉避凶的。因此,我没怪罪任何人,包括打过我的人。我没有对任何人打击报复。并不是由于我度量特别大,能容天下难容之事,而是由于我洞明世事,又反求诸躬。假如我处在别人的地位上,我的行动不见得会比别人好。

1997 年 3 月 19 日

趋炎附势

　　写了《世态炎凉》，必须写《趋炎附势》。前者可以原谅，后者必须切责。

　　什么叫"炎"？什么叫"势"？用不着咬文嚼字，指的不过是有权有势之人。什么叫"趋"？什么叫"附"？也用不着咬文嚼字，指的不过是巴结、投靠、依附。这样干的人，古人称之为"小人"。

　　趋附有术，其术多端，而归纳之，则不出三途：吹牛、拍马、做走狗。借用太史公的三个字而赋予以新义，曰牛、马、走。

　　现在先不谈第一和第三，只谈中间的拍马。拍马亦有术，其术亦多端。就其大者或最普通者而论之，不外察言观色，胁肩谄笑，攻其弱点，投其所好。但是这样做，并不容易，这里需要聪明，需要机警，运用之妙，存乎一心。这是一门大学问。

　　记得在某一部笔记上读到过一个故事。某书生在阳间善于拍马。死后见到阎王爷，他知道阴间同阳间不同，阎王爷威严猛烈，动不动就让死鬼上刀山，入油锅。他连忙跪在阎王爷座前，坦白承认自己在阳间的所作所为，说到动情处，声泪俱下。他恭颂阎王爷执法严明，不给人拍马的机会。这时阎王爷忽然放了一个响屁。他跪行向前，高声论道："伏惟大王洪宣宝屁，声若洪钟，气比兰麝。"于是阎王爷"龙"颜大悦，既不罚他上刀山，也没罚他入油锅，生前的罪孽，一笔勾销，让他转生去也。

　　笑话归笑话，事实还是事实，人世间这种情况还少吗？古今皆然,中外同归。中国古典小说中,有很多很多的靠拍马屁趋炎附势的艺术形象。《今古奇观》里面有,《红楼梦》里面有,《儒林外史》里面有,最集中的是《官场现形记》和《二十年目睹之怪现状》。

在尘世间,一个人的荣华富贵,有的甚至如昙花一现。一旦失意,则如树倒猢狲散,那些得意时对你趋附的人,很多会远远离开你,这也罢了。个别人会"反戈一击",想置你于死地,对新得意的人趋炎附势。这种人当然是极少极少的,然而他们是人类社会的蛀虫,我们必须高度警惕。

我国的传统美德,对这类蛀虫,是深恶痛绝的。孟子说:"胁肩谄笑,病于夏畦。"我在上面列举的小说中,之所以写这类蛀虫,绝不是提倡鼓励,而是加以鞭笞,给我们竖立一面反面教员的镜子。我们都知道,反面教员有时候是能起作用的,有了反面,才能更好地、更鲜明地突出正面。这大大有利于发扬我国优秀的道德传统。

1997年3月27日

漫谈消费

蒙组稿者垂青,要我来谈一谈个人消费。这实在不是最佳选择。因为我的个人消费决无任何典型意义。如果每个人都像我这样,商店几乎都要关门大吉。商店越是高级,我越敬而远之。店里那一大堆五光十色、争奇斗艳的商品,有的人见了简直会垂涎三尺,我却是看到就头痛,而且窃作腹诽:在这些无限华丽的包装内包的究竟是什么货色,只有天晓得,我觉得人们似乎越来越蠢,我们所能享受的东西,不过只占广告费和包装费的一丁点儿,我们是让广告和包装牵着鼻子走的,愧为"万物之灵"。

谈到消费,必须先谈收入。组稿者让我讲个人的情况,而且越具体越好。我就先讲我个人的具体收入情况。我在50年代被评为一级教授,到现在已经四十多年了,尚留在世间者已为数不多,可以被视为珍稀动物,通称为"老一级"。

在北京工资区——大概是六区——每月三百四十五元。再加上中国科学院哲学社会科学部委员,每月津贴一百元。这个数目今天看起来实为微不足道。然而在当时却是一个颇大的数目,十分"不菲"。我举两个具体的例子:吃一次"老莫"(莫斯科餐厅),大约一元五到两元,汤菜俱全,外加黄油面包,还有啤酒一杯。如果吃烤鸭,不过六七块钱一只。其余依此类推。只需同现在的价格一比,其悬殊立即可见。从工资收入方面来看,这是我一生最辉煌的时期之一。这是以后才知道的,"当时只道是寻常"。到了今天,"老一级"的光荣桂冠仍然戴在头上,沉甸甸的,又轻飘飘的,心里说不出是什么滋味。实际情况却是"昔人已乘黄鹤去,此地空余老桂冠"。我很感谢,不知道是哪一位朋友发明了"工薪阶层"这一个词儿。这真不愧是天才的发明。幸乎?不幸乎?我也归入了这一个"工薪阶层"的行列。听有人说,在某一个城市的某大公司里设有"工薪阶层"专柜,专门对付我们这一号人的。如果真正有的话,这也不愧是一个天才的发明,俗话说:"识时务者为俊杰。"他们都是不折不扣的"俊杰"。

我这个"老一级"每月究竟能拿多少钱呢?要了解这一点,必须先讲一讲今天的分配制度。现在的分配制度,同50年代相比,有了极大的不同,当年在大学里工作的人主要靠工资生活,不懂什么"第二职业",也不允许有"第二职业"。谁要这样想,这样做,那就是典型的资产阶级思想,是同无产阶级思想对着干的,是最犯忌讳的。今天却大改其道。学校里颇有一些人有种种形式的"第二职业",甚至"第三职业"。原因十分简单:如果只靠自己的工资,那就生活不下去。以我这个"老一级"为例,账面上的工资我是北大教员中最高的。我每月领到的工资,七扣八扣,拿到手的平均约七百至八百。保姆占掉一半,天然气费、电话费等等,约占掉剩下的四分之一。我实际留在手的只有三百元左右,我要用这些钱来付全体在我家吃饭的四个人的饭钱,这些钱连供一个人吃饭都有点捉襟见肘,何况四个人!"老莫"、烤鸭之类,当然可望而不可即。

可是我的生活水平,如果不是提高的话,也决没有降低。难道我点金有术吗?非也。我也有第X职业,这就是爬格子。格子我已经爬了六十多年,渐渐地爬出一些名堂来。时不时地就收到稿费,很多时候,我并不知道是哪一篇文章换来的。外文楼收发室的张师傅说:"季羡林有三多,报刊杂志多,有十几种,都是赠送的;

来信多,每天总有五六封,来信者男女老幼都有,大都是不认识的人;汇单多。"我决非守财奴,但是一见汇款单,则心花怒放。爬格子的劲头更加昂扬起来。我没有作过统计,不知道每月究竟能收到多少钱。反正,对每月手中仅留三百元钱的我来说,从来没有感到拮据,反而能大把大把地送给别人或者家乡的学校。我个人的生活水平,确有提高。我对吃,从来没有什么要求。早晨一般是面包或者干馒头,一杯清茶,一碟炒花生米,从来不让人陪我凌晨4点起床,给我做早饭。午晚两餐,素菜为多。我对肉类没有好感。这并不是出于什么宗教信仰,我不是佛教徒,其他教徒也不是。我并不宣扬素食主义。我的舌头也没有生什么病,好吃的东西我是能品尝的。不过我认为,如果一个人成天想吃想喝,仿佛人生的意义与价值就在于吃喝二字。我真觉得无聊,"斯下矣",食足以果腹,不就够了吗?因此,据小保姆告诉,我们平均四个人的伙食费不过五百多元而已。

至于衣着,更不在我考虑之列。在这方面,我是一个"利己主义者"。衣足以蔽体而已,何必追求豪华。一个人穿衣服,是给别人看的。如果一个人穿上十分豪华的衣服,打扮得珠光宝气,天天坐在穿衣镜前,自我欣赏,他(她)不是一个疯子,就是一个傻子。如果只是给别人去看,则观看者的审美能力和审美标准,千差万别,你满足了这一帮人,必然开罪于另一帮人,决不能使人人都高兴,皆大欢喜。反不如我行我素,我就是这一身打扮,你爱看不看,反正我不能让你指挥我,我是个完全自由自主的人。

因此,我的衣服,多半是穿过十年八年或者更长时间的,多半属于博物馆中的货色。俗话说:"人靠衣裳马靠鞍。"以衣取人,自古已然,于今犹然。我到大店里去买东西,难免遭受花枝招展的年轻女售货员的白眼。如果有保卫干部在场,他恐怕会对我多加小心,我会成为他的重点监视对象。好在我基本上不进豪华大商店,这种尴尬局面无从感受。

讲到穿衣服,听说要"赶潮",就是要赶上时代潮流,每季每年都有流行型式或款式,我对这些都是完全的外行。我有我的老主意:以不变应万变。一身蓝色的卡其布中山装,春、夏、秋、冬,永不变化。所以我的开支项下,根本没有衣服这一项。你别说,我们那一套"三十年河东,三十年河西"的"哲学",有时对衣着型式也起作用。我曾在解放前的1946年在上海买过一件雨衣,至今仍然穿。有的专家说:"你这件雨衣的款式真时髦!"我听了以后,大惑不解。经专家指点,原来五十多年流行的款式经过了漫长的沧桑岁月,经过了不知道多少变化,现在又在螺旋式上升的规律的指导下,回到了五十年前款式。我恭听之余,大为兴奋。我守株待兔,终于守到了。人类在衣着方面的一点小聪明,原来竟如此脆弱!

我在本文一开头就说,在消费方面我决不是一个典型的代表。看了我自己的叙述,一定会同意我这个说法的。但是,人类社会极其复杂,芸芸众生,有一箪食一瓢饮者;也有食前方丈,一掷千金者。绫罗绸缎、皮尔·卡丹,燕窝鱼翅、生猛海鲜,这样的人当然也会有的。如果全社会都是我这一号的人,则所有的大百货公司都会关张的,那岂不太可怕了吗?所以,我并不提倡大家以我为师,我不敢这样狂妄。不过,话又说了回来,我仍然认为:吃饭穿衣是为了活着,但是活着决不是为了吃饭穿衣。

中餐与西餐

中国是文明古国,有四大发明或者更多的发明,震撼世界,对人类的进步和福利,作出了无法代替无可怀疑的贡献,至今我们引以自豪。可惜这些都已经是过去的辉煌,"俱往矣"掩盖不住我们今天的技术落后。

今天,在全世界范围内,我们引以自豪的,只剩下了饮食一项。世界上几乎所有的大城市都有中国餐馆,有的餐馆主人并不是中国人,然而也假中国之名以招徕食客。中国人在国外混不下去的时候,也往往以餐馆为最后逋逃之薮。据说,前几年,北京饭馆还不算太多的时候,巴黎中餐馆有一千多家,超过北京。我曾在世界上许多国家的中国饭馆里吃过饭,老外——按事实来讲,应该说是"老内",因为毕竟是他们自己的国家嘛——总是趋之若鹜,看起来是吃得津津有味。看到了这现象,我心里很不是滋味,又喜又悲:现在好像只有饭馆能为国争光了!

然而在我们国内怎样呢?看了不禁令人气短。在我们国内,至少是在北京,在餐饮业界横冲直撞的是肯德基、麦当劳、比萨饼、加州牛肉面,现在又来了什么澳式快餐。喝的是可口可乐、百事可乐、雪碧等等,统统是舶来品。我不能说这些东西都不能吃,它们也确有一些自己的特点,不能一概抹煞。然而这些特点却确实没有什么了不起,比起中国饭菜饮料之博大精深、历史之悠久来,简直如小巫之见大巫。著名的英籍女作家韩素音坚决不喝可口乐，我现在已经成了她的忠实信徒。

我们的广告宣传在这方面不能不负责任。记得电视广告中有一个宣传肯德基的广告，一个小孩坐在餐桌旁，父母殷殷勤勤端来了各种中国的美味佳肴，端一样上来，小孩眉头一皱，怒气冲冲地说："不吃！"又端一样上来，仍然是个"不吃！"最后端来了肯德基家乡鸡，小孩立即转怒为喜，眉开眼笑，说："我就吃这个！"试问这样一个广告，除了电视台大收广告费之外，会起什么作用？会对我们的儿童，决定我国未来的命运的这些祖国的花朵起什么影响？我真不寒而栗。

直白地说，现在国内确实弥漫着一种无孔不入的崇洋羡（我不用"媚"字）外的风气。这种风气来源已久，冰冻三尺，非一日之寒。但是，我们必须正视这种风气的恶劣影响，不能回避。一个失去民族自信心的民族是一个没有出息的民族！

我相信，这只能是暂时的现象。还是那一句老话："三十年河东，三十年河西。"将来一定会改变的。有朝一日风雷动，离开河西到河东。

1997 年 4 月 9 日

我们面对的现实

我们面对的现实,多种多样,很难一一列举。现在我只谈两个:第一,生活的现实;第二,学术研究的现实。

一 生活的现实

生活,人人都有生活,它几乎是一个广阔无垠的概念。在家中,天天开门七件事:柴、米、油、盐、酱、醋、茶,人人都必须有的。这且不表。要处理好家庭成员的关系,不在话下。在社会上,就有了很大的区别。当官的,要为人民服务,当然也盼指日高升。大款们另有一番风光,炒股票、玩期货,一夜之间成了暴发户,腰缠十万贯,"春风得意马蹄疾,一日看遍长安花"。当然,一旦破了产,跳楼自杀,有时也在所难免。我辈书生,青灯黄卷,兀兀穷年,有时还得爬点格子,以济工资之穷。至于引车卖浆者流,只有拼命干活,才得糊口。

这都是我们必须面对的生活。我们必须黾勉从事,过好这个日子(生活),自不待言。

但是,如果我们把眼光放远一点,把思虑再深化一点,想一想全人类的生活,你感觉到危险性了没有?也许有人感到,我们这个小小寰球并不安全。有时会有地震,有时会有天灾,刀兵水火,疾病灾殃,说不定什么时候就会驾临你的头上,躲不胜躲,防不胜防。

对策只有一个:顺其自然,尽上人事。

如果再把眼光放得更远,让思虑钻得更深,则眼前到处是看不见的陷阱。我自己也曾幼稚过一阵。我读东坡《(前)赤壁赋》:"唯江上之清风,与山间之明月,耳得之而为声,目遇之而成色。取之不尽,用之不竭。是造物者之无尽藏也,而吾与子之所共适。"我深信苏子讲的句句是真理。然而,到了今天,江上之风还清吗?山间之月还明吗?谁都知道,由于大气的污染,风早已不清,月早已不明了。与此有联系的还有生态平衡的破坏,动植物品种的灭绝,新疾病的不断出现,人口的爆炸,臭氧层出了洞,自然资源——其中包括水——的枯竭,如此等等,不一而足。我们人类实际上已经到了"盲人骑瞎马,夜半临深池"的地步。令人吃惊的是,虽然有人已经注意到了这个现象;但并没有提高到与人类生存前途挂钩的水平,仍然只是头痛治头,脚痛治脚。还有人幻想用西方的"科学"来解救这一场危机。我认为,这是不太可能的,这一场灾难主要就是西方"征服自然"的"科学"造成的。西方科学优秀之处,必须继承;但是必须从根本上,从思想上,解决问题,以东方的"民胞物与"的"天人合一"的思想济西方"科学"之穷。人类前途,庶几有望。

二　学术研究的现实

对我辈知识分子来说,除了生活的现实之外,还有一个学术研究的现实。我在这里重点讲人文社会科学,因为我自己是搞这一行的。

文史之学,中国和欧洲都已有很长的历史。因两处具体历史情况不同,所以发展过程不尽相同。但是总的研究对象和研究方法多有相通之处,对象大都是古典文献。就中国而论,由于字体屡变,先秦典籍的传抄工作不能不受到影响。但是,读书必先识字,此《说文解字》之所以必做也。新材料的出现,多属偶然。地下材料,最初是"地不爱宝",它自己把材料贡献出来的,有目的有意识的发掘工作是后来兴起的。盗墓者当然是例外。至于社会调查,古代不能说没有,采风就是调查形式之一。有计划有组织有目的的社会调查工作,也是晚起的,恐怕还是多少受了点西方的影响。

古代文史工作者用力最勤的是记诵之学。在科举时代,一个举子必须能背四书、五经,这是起码的条件。否则连秀才也当不上,遑论进士!扩而大之,要背诵十三经,有时还要连上注疏。至于传说有人能倒背十三经,对于我至今还是个谜,一本书能倒背吗?背了有什么用处呢?

社会不断前进,先出了一些类似后来索引的东西,系统的科学的索引,出现最晚,恐怕也是受西方的影响,有人称之为"引得"(index),显然是舶来品。

但是,不管有没有索引,索引详细不详细,我们研究一个题目,总要先积累资料,而积累资料,靠记诵也好,靠索引也好,都是十分麻烦、十分困难的。有时候穷年累月,滴水穿石,才能勉强凑足够写一篇论文的资料,有一些资料可能还是可遇而不可求的。写文章之难真是难于上青天。

然而,石破天惊,电脑出现了,许多古代典籍逐渐输入电脑了,不用一举手一投足之劳,只需发一命令,则所需的资料立即呈现在你的眼前,一无遗漏。岂不痛快也哉!

这就是眼前我们面对的学术现实。最重要最困难的搜集资料工作解决了,岂不是人人皆可以为大学者了吗?难道我们还不能把枕头垫得高高地"高枕无忧"了吗?

我说:"且慢!且慢!我们的任务还并不轻松!"我们面临这

一场大的转折,先要调整心态。对电脑赐给我们的资料,要加倍细致地予以分析使用。还有没有输入电脑的书,仍然需要我们去翻检。

1997 年 4 月 13 日

衣着的款式

在衣着方面，我是著名的顽固保守派。我有几套——套数不详——深蓝色卡其布的中山装。虽然衣龄长短不一，但是最年轻的也有十年以上的历史了。虽然同为深蓝，但其间毕竟还有细微差别。可是年深日久，又经过多次洗濯，其差别越来越难辨析。我顺手抓米，穿在身上。明眼人一看，就能看出是张冠李戴，我则老眼昏花，不辨雌雄，怡然自得。

对此我有自己的哲学基础：吃饭是为了自己，而穿衣则是为了别人。道理自明，不用辩证。哪有一个人穿着华丽，珠光宝气，天天坐在菱花镜前，顾影自怜？如果真正有的话，他或她距入疯人院的日期也不会远了。

谈到衣着的款式，我有一个非常具体的经验。五十多年前，回国初到上海，买了一件风雨衣，至今虽然袖子已经磨破，我仍然照穿不误。不意内行人忽然对我说：这正是当今最流行的款式！乍听之下，大吃一惊。继而思之，极有道理。要举例子，就在手边。若干年前曾一度流行穿喇叭裤，一夜之间，仿佛有神力催动，满街盈巷，人山人海中无不喇叭矣。然而"蟪蛄不知春秋"，又在一夜之间，又仿佛有神风劲吹，喇叭一下子都销声匿迹了。我现在敢于预言：有朝一日，说不定在哪一天，喇叭又会君临大地。

我觉得，人类很注意衣着款式，这无关天下安危，可以不必去管。但是，人类在这一方面所表现出来的智慧却低得令我吃惊。

什么皮尔·卡丹,什么这国巧匠,什么那国大师,挖空心思,花样翻新,翻来翻去,差别甚微。又来了我那句老话:三十年河东,三十年河西。你等着瞧吧。到了三十年,肯定翻了回来。如果真有一个造物的智者,他会从宇宙黑洞里什么地方,笑看我们这个小球上的自以为极其聪明的芸芸众生,就像我们看猴山的群猴。

这种极低的智慧还表现在另一个方面。同样一件衣服,从小商店里买,比从燕莎、蓝岛等商城里买,价钱会相差十倍二十倍。然而非工薪阶层的大款们却一定会弃小就大。衣服上又很难大书燕莎、蓝岛等字样,这会有碍美观。前几年有人戴舶来品的眼镜,会把原来的商标保留在镜片上,宁愿目光被挡,也在所不惜。这同某一些农民身着西装,打好领带,到田中去干活,同样让人感到不那么舒服。我真想成为一名服装设计师,把燕莎、蓝岛一类的字眼蕴藏在衣服的某一部分内,隐而不发,彰而不露。我一定能取得专利,成为大师。可惜我是志大才疏。像我这样的人,只配穿蓝卡其布的中山装。

1997年4月23日

宗　教

我首先要声明,我不是任何宗教的信徒,可是我对世界上所有的正大光明的宗教都十分尊重。原因并不复杂,除了奥姆真理教、太阳神殿教等一批邪教外,各大宗教都劝人做好事,不干坏事,这不正是我们正直的人类所需要的吗？不管他们的教义如何,所崇拜的神灵如何,除了间或被别有用心的人或组织利用外,这些宗教是无可指责的。如果不同宗教的信徒们能互相尊重,互不相妨,则中国社会必能安定团结,世界人民也必能安定团结。

任何一个宗教的教义和教规,对本教的信徒来说都是持之有故、言之成理的,都是天经地义,信徒们信从,是他们的权利和义务。但是对其他宗教的信徒来说,则另是一码事。对于这样的分歧,最好不要辩论,也不必争论,这样做,只能伤和气,也无济于事。最好能够认为,自己的教义只是相对真理,绝对真理只有他们崇拜的最高神灵才能掌握。能做到这一步,就能够你好、我好、大家都好了。大家以各自喜爱的方式来满足宗教的需要,岂不猗欤休哉！

说到"宗教需要",恩格斯使用过这个词儿。世界上确实有宗教需要的人；另一方面,世界上也确实有没有宗教需要的人,敲锣吹号,各有一套。最好是各不相犯,自从所好。人类最重要的是求生存,生存得越美满越好。自己生存,也让别人生存,这是最上策。有宗教需要的和没有宗教需要的人；在有宗教需要的人中,信这种教和信那种教的人,可以不谈宗教问题,而共同携手,齐心协力,为了改善人类生存的条件而努力奋斗,这是人生第一义。一定要强迫别人信教,或一定要强迫别人不信教,都只能制造矛盾,两败俱伤。

世界上有规定国教的国家,也有不规定国教的国家。有民族与宗教完全一致的国家,也有民族与宗教不一致的国家。有必须有宗教信仰的国家,也有不规定人民宗教信仰的国家。我到德国时,登记表上有"宗教信仰"一栏,我没有法子填写,那位德国办事员就说:"不填这一栏可不行!给你填上佛教吧!"我笑而从之,反正我知道我不是佛教徒,这只不过是官样文章而已。在有国教的国家中,无神论也是有的。他们脑袋里没有上帝,可是星期天也进礼拜堂,说是到那里去听听庄严肃穆的音乐,使自己的心神安静一下。宗教之为用大矣哉!

总之,我认为,信不信宗教完全是个人的事,别人不必过多地去干预,只要他遵守法纪,就是一个好公民。想人为地消灭宗教,也是办不到的。

1997 年 4 月 25 日

老马识途

无论是在文章中,还是在口头上,"老马识途"是常常使用的一个典故。由于使用的频率颇高,因此而变成了一句俗语。

这个典故的出处是《韩非子·说林上》,与管仲和齐桓公有关。有一次,齐桓公伐孤竹,"春往冬反,迷惑失道。管仲曰:'老马之智可用也。'乃放老马而随之,遂得道。"不管历史事实怎样,老马的故事是绝对可信的。不但马能识途,连驴、骡、猫、狗等等动物都有识途的本领或者本能。

但是,切不可迷信。

在古代,老马等之所以能够识途,因为它们老走同一条道路,而古代道路的变化很少,道路两旁的建筑物变化也不会大。久而久之,这些牲畜们就记住了。只要把缰绳放开,让它们自由行动,它们必然能找到回家的道路。也许这些牲畜们还有什么"特异功能",我没有研究过,暂且不说。

但是,人类社会前进的速度越来越快,道路和建筑物的变化也越来越大。到了今天,简直一日数变。住在大城市里的人,三天不出门,再一出门,就有可能认不清街道。原来是一片空地,现在却像幻术一样,突然矗立在你的眼前的是一座摩天高楼。原来是一条羊肠小道,现在却突然变成了一条柏油马路。会晕头转向,这不必说了。即使老马一流的动物真有"特异功能",也将无所用其技了。

我就有一个亲身的经验。有一天,我走出北大南门到黄庄邮局去,我在海淀已经住了将近半个世纪,是这里的一匹地地道道的老马。我也颇有自信,即使把我的眼蒙住,我也能够找回家来。然而,这一回我却出了丑,现了眼。我走了一条新路,一走出去,是一条大马路,车如流水马如龙。我一时傻了眼:这是什么地方呀?我的黄庄在哪里呀!我一时目眩口呆,只觉得天昏地转,大有白天"鬼挡墙"之感。我好不容易定了定神,猛抬头看到马路上驶过去的332路公共汽车,我才如梦方醒,终于安全地走回到了学校。

像我这样一匹老马,脑筋是"难得糊涂"的,眼耳都还能准确地使用;然而在距北大咫尺之地竟然栽了这样一个跟头,这个跟头在我心中摔出了一个"顿悟"。我悟到,千万不要再迷信老马识途,千万不要在任何方面,包括研究学问方面以老马自居。到了现在,我觉得倒是"小马识途"。因为年轻人无所蔽,无所惧,常常出门,什么摩天大楼,什么柏油马路,在他们眼中都很平常。

我们这些老马千万要向小马学习。

1997年5月9日

三思而行

"三思而行",是我们现在常说的一句话。主要劝人做事不要鲁莽,要仔细考虑,然后行动,则成功的可能性会大一些,碰壁的可能性会小一些。

要数典而不忘祖,也并不难。这个典故就出在《论语·公冶长第五》:"季文子三思而后行。子闻之曰:'再,斯可矣。'"这说明,孔老夫子是持反对意见的。吾家老祖宗文子(季孙行父)的三思而后行的举动,二千六七百年以来,历代都得到了几乎全天下人的赞扬,包括许多大学者在内。查一查《十三经注疏》,就能一目了然。《论语正义》说:"三思者,言思之多,能审慎也。"许多书上还表扬了季文子,说他是"忠而有贤行者"。甚至有人认为三思还不够。《三国志·吴志·诸葛恪传注》中说:有人劝恪"每事必十思"。可是我们的孔圣人却冒天下之大不韪,批评了季文子三思过多,只思二次(再)就够了。

这怎么解释呢?究竟谁是谁非呢?

我们必须先弄明白,什么叫"三思"。总起来说,对此有两个解释,一个是"言思之多",这在上面已经引过。一个是"君子之谋也,始衷(中)终皆举之而后入焉"。这话虽为文子自己所说,然而孔子以及上万上亿的众人却不这样理解。他们理解的,一直到今天,仍然是"多思"。

多思有什么坏处呢?又有什么好处呢?根据我个人几十年来

的体会,除了下围棋、象棋等等以外,多思有时候能使人昏昏,容易误事。平常骂人说是"不肖子孙",意思是与先人的行动不一样的人。我是季文子的最"肖"子孙。我平常做事不但三思,而且超过三思,是否达到了人们要求诸葛恪做的"十思",没作统计,不敢乱说。反正是思过来,思过去,越思越糊涂,终而至头昏昏然,而仍不见行动,不敢行动。我这样一个过于细心的人,有时会误大事的。我觉得,碰到一件事,决不能不思而行,鲁莽行动。记得当年在德国时,法西斯统治正如火如荼,一些盲目崇拜希特勒的人,常常使用一个词儿 Darauf-galngertum,意思是"说干就干,不必思考"。这是法西斯的做法,我们必须坚决扬弃。遇事必须深思熟虑,先考虑可行性,考虑的方面越广越好。然后再考虑不可行性,也是考虑的方面越广越好。正反两面仔细考虑完以后,就必须加以比较,作出决定,立即行动。如果你考虑正面,又考虑反面之后,再回头来考虑正面,又再考虑反面,那么,如此循环往复,终无宁日,最终成为考虑的巨人,行动的侏儒。

所以,我赞成孔子的"再,斯可矣"。

1997 年 5 月 11 日

从哲学的高度来看中餐与西餐

中餐与西餐是世界两大菜系。从表面上来看,完全不同。实际上,前者之所以异于后者几希。前者是把肉、鱼、鸡、鸭等与蔬菜合烹,而后者则泾渭分明地分开而已。大多数西方人都认为中国菜好吃。那么你为什么就不能把肉菜合烹呢?这连一举手一投足之劳都用不着,可他们就是不这样干。文化交流,盖亦难矣。

然而,这中间还有更深一层的理由。

到了今天,烹制西餐,在西方已经机械化、数字化。连煮一个鸡蛋,都要手握钟表,计算几分几秒。做菜,则必须按照食谱,用水若干,盐几克,油几克,其他佐料几克,仍然是按钟点计算,一丝不苟。这同西方的基本的思维模式,分析的思维模式,紧密相联。我所说的"哲学的高度",指的就是这种现象。

而在中国,情况则完全不同。中国菜系繁多,据说有八大菜系或者更多的菜系。每个系的基本规律是完全相同,这就是我在上面所说的:蔬菜与肉、鱼、鸡、鸭等等合烹,但是烹出来的结果则不尽相同。鲁菜以咸胜,川菜以辣胜,粤菜以生猛胜,苏沪菜以甜淡胜,如此等等,不一而足。我于此道并非内行里手,说不出多少名堂。至于烹调方式,则更是名目繁多,什么炒、煎、炸、蒸、煮、氽、烩等等,还有更细微幽深的,可惜我的知识和智慧有限,就只能说这么多了。我从来没见哪一个掌勺儿的大师傅手持钟表,眼观食谱,按照多少克添油加醋。他面前只摆着一些油、盐、酱、醋、味精等佐料。只见他这个碗里舀一点,那个碟里舀一点,然后用铲子在锅里翻炒,运斤成风,迅速熟练,最后在一团瞬间的火焰中,一盘佳肴就完成了。据说多炒一铲则太老,少炒一铲则太嫩,运用之妙,存乎一心,谁也说不出一个道道来。老外观之,目瞪口呆,莫名其妙。其中也有哲学。这是东方基本思维模式,综合的思维模式在起作用。有"科学"头脑的人,也许认为这有点模糊。然而,妙就妙在模糊,最新的科学告诉我们,模糊无所不在。

听说,若干年前,一位著名的美籍华人学者的夫人,把《随园食谱》译成了英文,也按照西方办法,把《食谱》机械化、数字化了,也加上了几克等等。有好事者遵照食谱,烹制佳肴。然而结果呢?炒出来的菜实在难以下咽,谁都不想吃。追究原因,有可能是袁子才英雄欺人,在《食谱》中故弄玄虚。我认为,最大的可能是,这位夫人去国日久,忘记了中国哲学的精粹,上了西方思维模式的当,上了西方哲学的当。

1997 年 5 月 12 日

毁　誉

好誉而恶毁,人之常情,无可非议。

古代豁达之人倡导把毁誉置之度外。我则另持异说,我主张把毁誉置之度内。置之度外,可能表示一个人心胸开阔;但是,我有点担心,这有可能表示一个人的糊涂或颟顸。

我主张对毁誉要加以细致的分析。首先要分清:谁毁你?谁誉你?在什么时候?在什么地方?由于什么原因?这些情况弄不清楚,只谈毁誉,至少是有点模糊。

我记得在什么笔记上读到过一个故事。一个人最心爱的人,只有一只眼。于是他就觉得天下人(一只眼者除外)都多长了一只眼。这样毁誉能靠得住吗?

还有我们常常讲什么"党同伐异",又讲什么"臭味相投"等等。这样的毁誉能相信吗?

孔门贤人子路"闻过则喜",古今传为美谈。我根本做不到,而且也不想做到,因为我要分析:是谁说的?在什么时候,在什么地点,因为什么而说的?分析完了以后,再定"则喜",或是"则怒"。喜,我不会过头。怒,我也不会火冒十丈,怒发冲冠。孔子说:"野哉,由也!"大概子路是一个粗线条的人物,心里没有像我上面说的那些弯弯绕。

我自己有一个颇为不寻常的经验。我根本不知道世界上有某一位学者,过去对于他的存在,我一点都不知道;然而,他却同我结了怨。因为,我现在所占有的位置,他认为本来是应该属于他的,是我这个"鸠"把他这个"鹊"的"巢"给占据了。因此,勃然对我心怀不满。我被蒙在鼓里,很久很久,最后才有人透了点风给我。我知道,天下竟有这种事,只能一笑置之。不这样又能怎样呢?我想向他道歉,挖空心思,也找不出丝毫理由。

　　大千世界,芸芸众生,由于各人禀赋不同,遗传基因不同,生活环境不同;所以各人的人生观、世界观、价值观、好恶观等等,都不会一样,都会有点差别。比如吃饭,有人爱吃辣,有人爱吃咸,有人爱吃酸,如此等等。又比如穿衣,有人爱红,有人爱绿,有人爱黑,如此等等。在这种情况下,最好是各人自是其是,而不必非人之非。俗语说:"各扫自家门前雪,不管他人瓦上霜。"这话本来有点贬义,我们可以正用。每个人都会有友,也会有"非友",我不用"敌"这个词儿,避免误会。友,难免有誉;非友,难免有毁。碰到这种情况,最好抱上面所说的分析的态度,切不要笼而统之,一锅糊涂粥。

　　好多年来,我曾有过一个"良好"的愿望:我对每个人都好,也希望每个人对我都好。只望有誉,不能有毁。最近我恍然大悟,那是根本不可能的。如果真有一个人,人人都说他好,这个人很可能是一个极端圆滑的人,圆滑到琉璃球又能长上脚的程度。

1997 年 6 月 23 日

论 包 装

我先提一个问题:人类是变得越来越精呢？还是越来越蠢？

答案好像是明摆着的:越来越精。

在几千年有文化的历史上,人类对宇宙,对人世,对生命,对社会,总之对人世间所有的一切,越来越了解得透彻、细致,如犀烛隐,无所不明。例子伸手可得。当年中国人对月亮觉得可爱而又神秘,于是就说有一个美女嫦娥奔入月宫。连苏东坡这个宋朝伟大的诗人,也不禁要问出:"明月几时有？把酒问青天。不知天上宫阙,今夕是何年？"可是到了今天,人类已经登上了月球,连月球上的土块也被带到了地球上来。哪里有什么嫦娥？有什么广寒宫？

人类倘不越变越精,能做到这一步吗？

可是我又提出了问题,说明适得其反。例子也是伸手即得,我先举一个包装。

人类在社会上活动,有时候是需要包装的。特别是女士们,在家中穿得朴朴素素;但是一出门,特别是参加什么"派对"（party,借用香港话）,则必须打扮得珠光宝气、花枝招展,浑身洒上法国香水,走在大街上,高跟鞋跟敲地作金石声,香气直射十步之外,路人为之"侧目"。这就是包装,而这种包装,我认为是必要的。

可是还有另外一种包装,就是商品的包装。这种包装有时也是必要的,不能一概而论。我从前到香港,买国产的商品,比内地要便宜得多。一问才知道，原因是中国商品有的质量并不次于洋货，只是由于包装不讲究，因而价钱卖不上去。我当时就满怀疑惑，究竟是使用商品呢？还是使用包装？

我因而想到一件事，我们楼上一位老太太到菜市场上去买鸡，说是一定要黄毛的。卖鸡的小贩问老太太："你是吃鸡？还是吃鸡毛？"

到了今天，有一些商品的包装更达到了匪夷所思的地步。外面盒子，或木，或纸，或金属，往往极大。装扮得五彩缤纷，璀璨耀目。摆在货架上时，是庞然大物；提在手中或放在车中，更是运转不灵，左提，右提；横摆，竖摆，都煞费周折。及至拿到或运到家中，打开时也是煞费周折。在庞然大物中，左找，右找，找不到商品究在何处。很希望发现一张纸条上面写着：此处距商品尚有十公里！庶不致使我失去寻找的信心。据我粗略的统计，有的商品在大包装中仅占空间十分之一、二十分之一，甚至五十分之一。我想到那个鸡和鸡毛的故事，我不禁要问：我们使用的是商品，还是包装？而负担那些庞大的包装费用的，羊毛出在羊身上，还是我们这些顾客，而华美绝伦的包装，商品取出后，不过是一堆垃圾。

如果我回答我在开头时提出的问题：人类越变越蠢。你怎样反驳？！

1997 年 8 月 18 日

论 广 告

论了包装,又论广告,两者实有联系。

在当今社会上,每个人都是消费者,都需要商品。衣、食、住、行,吃、喝、玩、乐,都与商品有联系。而商品又变化极大,日新月异。因此,出了一种新商品,为了让消费者都能及时了解商品的性能,无论采取什么形式,利用报刊杂志以及电视台等等,实事求是地介绍一下新(甚至旧)产品的情况,是必要的,是无可厚非的。但我们消费者千万不要忘记,不管这样的广告是生产者来做,还是流通者来做,广告费用不管大小都会化入商品的价格中,羊毛出在羊身上,最终都落到消费者身上。

可是,根据我个人的感觉,近几年来,广告中出现了一些令人担忧的现象。广告次数越来越多,规模越来越大,手段越来越花样翻新,构思越来越独出心裁。打开电视,广告之多令人目不暇接。甚至在所谓"黄金时刻",也往往是广告独占鳌头。知情人说,此时的广告收费特别多。至于内容,则往往并不实事求是,老王卖瓜者实不在少数。设计五彩缤纷,令观者眼花缭乱。间有请出著名的艺术家,特别是一些美若西施的美人,出现在荧屏上,着三不着两地扯上几句淡。于是,商品的知名度就会猛增。据说报酬极为"不菲",为我辈教授们所不敢望其项背。

效果怎样呢?据说极为显著。一登龙门,身价百倍。名人和美人一沾边,不少消费者就心甘情愿地掏自己的腰包。俗话说:

"周瑜打黄盖,一个愿打,一个愿挨。"这是个人的自由,为法律所保护者,谁也无权干涉。

听说某省一个著名的酒厂,所生产的酒销售量在全国名列前茅。有人说,这个厂每天开进广告宣传部门一辆桑塔纳,而开出来一辆奥迪。意思是比较明白的,就是付出的广告费虽极大,但收到的经济效益却更大。我对于汽车完全是外行,只知道桑塔纳车虽然销售价格也不算低,但是奥迪的售价更高。这当然只是一个形象的比喻,那一个酒厂并不会真把汽车开进广告部门,也决不会从里面开出什么汽车来。

现在一打开报刊,包括某一些杂志,连篇累牍的大小广告,赫然在目。有的生产者或流通者不惜使用大报纸的整张的篇幅,来宣传一种产品。有的设计图案石破天惊,看了令人瞠目结舌,借此来触动消费者的神经——我想问一个怪问题,是否有专管花钱的神经?——让他们像着了魔似的完全主动地把手伸向自己的腰包,把钱掏出来。

我在上面已经说到,广告费用决不会是生产者或流通者慷慨捐献,它都化入商品的价格中,承担者仍然是消费者。商品的情况很不相同。我不知道,我们日常消费的商品价格中广告费占多大的百分比。不管占多大百分比,对我们消费者来说都是毫无意义的牺牲。

我仍然像在《论包装》中那样问一句:人类是越变越精呢,还是越变越蠢?

1997 年 8 月 28 日

起名的学问

生了孩子,必须起个名,这是社会常规,无可非议。解放前,农村贫困人家的女孩子往往有姓无名。连肚子都填不饱,名有何用?我母亲就是一生连个名都没有的人。

中国姓究竟有多少?过去有《百家姓》、《千家姓》等书,其实中国姓决不止百家、千家。根据最近出版的《中华姓氏大辞典》,中国古今各民族用汉字记录的姓氏共11969个。数目已经够大,似乎已经够用了。然而不然。原因之一就是,有的姓氏过于集中,比如,在汉族(其实不限于汉族)姓氏中,李、王、张三大姓占的比例过大。李姓占全人口总数的7.9%,王占7.4%,张占7.1%,三家共占22.4%,约有二亿六千多万人,这已经够多了。

但是,问题还不出在姓上,而出在名上。名有单名、复名之别。《三国演义》中,除了黄承彦(诸葛亮的岳父)一人外,其余皆为单名。这是后汉、三国,以至六朝时代的风气。当时人口不多,姓名相重所产生的影响还不大。不过,研究中国历史的学者大概已经感到同姓名的干扰。因此有人撰写了二十几史同姓名表,以避免张冠李戴。

在过去,起名几乎可以成为一门学问,有很多讲究。有所排行的措施,同一辈分的人的名字中有一字相同。比如有名的中国圣人孔子的后代,不知从什么时候起,就预先想好了排行的字的顺序。据我所知,从清末到现在,排行的顺序是:繁、祥、令、德。有名的孔繁森,排行"繁"字,辈分相当高了。现在住在台湾的"衍圣公"孔德成,排行"德"字,见了孔繁森,应当叩头三呼"老爷爷"。孟家也仿效孔家,全国排行都有顺序。

我并不想介绍大家都作东施,效颦圣贤。可是在当前许多事情都简化,都"快餐化"的时候,许多人,特别是公安部门、邮电部门,以及学校、机关等等,却感到有点挠头。我也有点忧心忡忡。现在仿佛又回到了后汉、三国时代,家长给孩子多起单名。而且这些单名又不同于《三国演义》。在那里,关羽字云长,张飞字翼德,赵云字子龙,等等,全国并无重复者,产生不了矛盾和干扰。

但是现在呢,不但给孩子起单名,而且单名又多集中在几个字上。全国的"王宁"至少有若千万,"张军"也决不会少。有时一个班上有两个王军,三个李宁。一个机关单位,有时也会有这种现象。这会酿成多大的困难。

因此,我建议,给孩子起复名,不要再"军",不要再"宁"。也可以多创些复姓,最简而易行的是,把父母双方的姓合为一个姓。这样再加复名,重姓名之弊,就多少可以避免了。

1997 年 8 月 28 日

真理愈辨愈明吗？

学者们常说："真理愈辨愈明。"我也曾长期虔诚地相信这一句话。

但是，最近我忽然大彻大悟，觉得事情正好相反，真理是愈辨愈糊涂。

我在大学时曾专修过一门课"西洋哲学史"，后来又读过几本《中国哲学史》和《印度哲学史》。我逐渐发现，世界上没有哪两个或多个哲学家，学说完全是一模一样的。有如大自然中的树叶，没有哪几个是绝对一样的。有多少树叶就有多少样子。在人世间，有多少哲学就有多少学说。每个哲学家都认为自己掌握了真理，有多少哲学家就有多少真理。

专以中国哲学而论，几千年来，哲学家们不知创造了多少理论和术语。表面上看起来，所用的中国字都是一样的；然而哲学家们赋予这些字的含义却不相同。比如韩愈的《原道》是脍炙人口、家喻户晓的。文章开头就说："博爱之谓仁，行而宜之之谓义，由是而之焉之谓道，足乎己无待于外之谓德。"韩愈大概认为，仁、义、道、德就代表了中国的"道"。他的解释简单明了，一看就懂。然而，倘一翻《中国哲学史》，则必能发现，诸家对这四个字的解释多如牛毛，各自自是而非他。

哲学家们辨（分辨）过没有呢？他们辩（辩论）过没有呢？他们既"辨"又"辩"，可是结果怎样呢？结果是让读者如堕入五里雾中。眼花缭乱,无所适从。我顺手举两个中国过去辨和辩的例子。一个是《庄子·秋水》:"庄子与惠子游于濠梁之上。庄子曰:'鯈鱼出游从容,是鱼之乐也。'惠子曰:'子非鱼,安知鱼之乐?'庄子曰:'子非我,安知我不知鱼之乐?'"我觉得,惠施还可以答复:"子非我,安知我不知子不知鱼之乐?"这样辩论下去,一万年也得不到结果。

还有一个辩论的例子是取自《儒林外史》:"丈人道:'……你赊了猪头肉的钱不还,也来问我要,终日吵闹这事,哪里来的晦气!'陈和甫的儿子道:'老爹,假如这猪头肉是你老人家自己吃了,你也要还钱?'丈人道:'胡说!我若吃了,我自然还。这都是你吃的!'陈和甫儿子道:'设或我这钱已经还过老爹,老爹用了,而今也要还人?'丈人道:'放屁!你是该人的钱,怎是我用你的?'陈和甫儿子道:'万一猪不生这个头,难道它也来问我要钱?'"

以上两个辩论的例子,恐怕大家都是知道的。庄子和惠施都是诡辩家,《儒林外史》是讽刺小说。要说这两个对哲学辩论有普遍的代表性,那是言过其实。但是,倘若你细读中外哲学家"辨"和"辩"的文章,其背后确实潜藏着与上面两个例子类似的东西。这样的"辨"和"辩"能使真理愈辩愈明吗?戛戛乎难矣哉!

哲学家同诗人一样,都是在作诗。作不作由他们,信不信由你们。这就是我的结论。

1997 年 10 月 2 日

爱　情

一

人们常说,爱情是文艺创作的永恒的主题。不同意这个意见的人,恐怕是不多的。爱情同时也是人生不可缺少的东西,即使后来出家当了和尚,与爱情完全"拜拜";在这之前也曾趟过爱河,受过爱情的洗礼,有名的例子不必向古代去搜求,近代的苏曼殊和弘一法师就摆在眼前。

可是为什么我写"人生漫谈"已经写了三十多篇,还没有碰爱情这个题目呢?难道爱情在人生中不重要吗?非也。只因它太重要,太普遍,但却又太神秘,太玄乎,我因而不敢去碰它。

中国俗话说:"丑媳妇迟早要见公婆的。"我迟早也必须写关于爱情的漫谈的。现在,适逢有一个机会,我正读法国大散文家蒙田的随笔《论友谊》这一篇,里面谈到了爱情。我干脆抄上几段,加以引申发挥,借他人的杯,装自己的酒,以了此一段公案。以后倘有更高更深刻的领悟,还会再写的。

蒙田说:我们不可能将爱情放在友谊的位置上。"我承认,爱情之火更活跃,更激烈,更灼热……但爱情是一种朝三暮四、变化无常的感情,它狂热冲动,时高时低,忽冷忽热,把我们系于一发之上。而友谊是一种普遍和通用的热情。……再者,爱情不过是一种疯狂的欲望,越是躲避的东西越要追求。……爱情一旦进入友谊阶段,也就是说,进入意愿相投的阶段,它就会衰弱和消逝。爱情是以身体的快感为目的,一旦享有了,就不复存在。"

总之,在蒙田眼中,爱情比不上友谊,不是什么好东西。我个人觉得,蒙田的话虽然说得太激烈,太偏颇,太极端;然而我们却不能不承认,它有合理的实事求是的一方面。

根据我个人的观察与思考,我觉得,世人对爱情的态度可以笼统分为两大流派:一派是现实主义,一派是理想主义。蒙田显然属于现实主义,他没有把爱情神秘化、理想化。如果他是一个诗人的话,他也决不会像一大群理想主义的诗人那样,写出些卿卿我我、鸳鸯蝴蝶,有时候甚至拿肉麻当有趣的诗篇,令普天下的才子佳人们击节赞赏。他干净利落地直言不讳,把爱情说成是"朝三暮四、变化无常的感情"。对某一些高人雅士来说,这实在有点大煞风景,仿佛在佛头上着粪一样。

我不才,窃自附于现实主义一派。我与蒙田也有不同之处:我认为,在爱情的某一个阶段上,可能有纯真之处。否则就无法解释,据说日本青年恋人在相爱达到最高潮时有的就双双跳入火山口中,让他们的爱情永垂不朽。

二

像这样的情况,在日本恐怕也是极少极少的。在别的国家,则未闻之也。

当然,在别的国家也并不缺少歌颂纯真爱情的诗篇、戏剧、小说,以及民间传说。莎士比亚的《罗密欧与朱丽叶》,中国的梁山伯与祝英台是世所周知的。谁能怀疑这种爱情的纯真呢?专就中国来说,民间类似梁祝爱情的传说,还能够举出不少来。至于"誓死不嫁"和"誓死不娶"的真实的故事,则所在多有。这样一来,爱情似乎真同蒙田的说法完全相违,纯真圣洁得不得了啦。

我在这里想分析一个有名的爱情的案例,这就是杨贵妃和唐玄宗的爱情故事,这是一个古今艳称的故事。唐代大诗人白居易的《长恨歌》歌颂的就是这一件事。你看,唐玄宗失掉了杨贵妃以后,他是多么想念,多么情深:"夕殿萤飞思悄然,孤灯挑尽未成眠。"这一首歌最后两句诗是:"天长地久有时尽,此恨绵绵无绝期。"写得多么动人心魄,多么令人同情,好像他们两人之间的爱情真正纯真到了无以复加的程度。但是,常识告诉我们,爱情是有排他性的,真正的爱情不容有一个第三者。可是唐玄宗怎样呢?"后宫佳丽三千人",小老婆真够多的。即使是"三千宠爱在一身",这"在一身"能可靠吗?白居易以唐代臣子,竟敢乱谈天子宫闱中事,这在明清是绝对办不到的。这先不去说它,白居易真正头脑简单到相信这爱情是纯真的才加以歌颂吗?抑或另有别的原因?

这些封建的爱情"俱往矣",今天我们怎样对待爱情呢?我明人不说暗话,我是颇有点同意蒙田的意见的。中国古人说:"食、色,性也。"爱情,特别是结婚,总是同"色"相联系的。家喻户晓的《西厢记》歌颂张生和莺莺的爱情,高潮竟是一幕"酬简",也就是"以身相许"。个中消息,很值得我们参悟。

我们今天的青年怎样对待爱情呢?这我有点不大清楚,也没有什么青年人来同我这望九之年的老古董谈这类事情。据我所见所闻,那一套封建的东西早为今天的青年所扬弃。如果真有人想向我这爱情的盲人问道的话,我也可以把我的看法告诉他们的。如果一个人不想终生独身的话,他必须谈恋爱以至结婚,这是"人间正道"。但是千万别浪费过多的时间,终日卿卿我我,闹得神魂颠倒,处心积虑,不时闹点小别扭,学习不好,工作难成,最终还可能是"竹篮子打水一场空"。这真是何苦来!我并不提倡两人"一见倾心",立即办理结婚手续。我觉得,两个人必须有一个互相了解的过程。这过程不必过长,短则半年,多则一年。余出来的时间应当用到刀刃上,搞点事业,为了个人,为了家庭,为了国家,为了世界。

三

已经写了两篇关于爱情的短文,但觉得仍然是言犹未尽,现在再补写一篇。像爱情这样平凡而又神秘的东西,这样一种社会现象或心理活动,即使再将篇幅扩大十倍,二十倍,一百倍,也是写不完的。补写此篇,不过聊补前两篇的一点疏漏而已。

在旧社会实行"父母之命,媒妁之言"的办法,男女青年不必伤任何脑筋,就入了洞房。我们可以说,结婚是爱情的开始。但是,不要忘记,也有"绿叶成荫子满枝"而终于不知爱情为何物的例子,而且数目还不算太少。到了现代,实行自由恋爱了,有的时候竟成了结婚是爱情的结束。西方和当前的中国,离婚率颇为可观,就是一个具体的例证。据说,有的天主教国家教会禁止离婚。但是,不离婚并不等于爱情能继续,只不过是外表上合而不离,实际上则各寻所欢而已。

爱情既然这样神秘,相爱和结婚的机遇——用一个哲学的术语就是偶然性——又极其奇怪,极其突然,决非我们个人所能掌握的。在困惑之余,东西方的哲人俊士束手无策,还是老百姓有办法,他们乞灵于神话。

一讲到神话,据我个人的思考,就有中外之分。西方人创造了一个爱情,叫作 Jupiter 或 Cupid,是一个手持弓箭的童子,他的箭射中了谁,谁就坠入爱河。印度古代文化毕竟与欧洲古希腊、罗马有缘,他们也创造了一个叫做 Kamaolliva 的爱神,也是手持弓箭,被射中者立即相爱,决不敢有违。这个神话当然是同一来源,此不见论。

在中国,我们没有"爱神"的信仰,我们另有办法。我们创造了一个月老,他手中拿着一条红线,谁被红线拴住,不管是相距多么远,天涯海角,恍若比邻,两人必然走到一起,相爱结婚。从前西湖有一座月老祠,有一副对联是天下闻名的:"愿天下有情人都成了眷属,是前生注定事莫错过姻缘。"多么质朴,多么有人情味!只有对某些人来说,"前生"和"姻缘"显得有点渺茫和神秘。可是,如果每一对夫妇都回想一下你们当初相爱和结婚的过程的话,你能否定月老祠的这一副对联吗?

我自己对这副对联是无法否认的,但又找不到"科学根据"。我倒是想忠告今天的年轻人,不妨相信一下。我对现在西方和中国青年人的相爱和结婚的方式,无权说三道四,只是觉得不大能接受。我自知年已望九,早已属于博物馆中的人物。我力避发九斤老太之牢骚,但有时又如骨鲠在喉不得不一吐为快耳。

1997 年 11 月 22 日

虎年抒怀

真没有想到,一转瞬间,自己竟已到了望九之年。前几年,初进入耄耋之年时,对光阴之荏苒,时序之飘逸,还颇有点"逝者如斯夫"之感。到最近二三年来,对时间的流逝神经似乎已经麻痹了,即使是到了新年或旧年,原来觉得旧年的最后一天和新年的第一天,其间宛若有极深的鸿沟,仿佛天不是一个颜色,地不是一个状态,自己憬然醒悟:要从头开始了,要重新"做人"了;现在则觉得虽然是"一元复始",但"万象"并没有"更新",今天同昨天完完全全一模一样,自己除了长了一岁之外,没有感到有丝毫变化。什么"八十述怀"之类的文字,再也写不出,因为实在无"怀"可"述"了。

但是,到了今天,时序正由大牛变成老虎,也许是由于老虎给我的印象特深,几年来对时间淡漠的心情,一变而为对时间的关注,"天增岁月人增寿",我又增了一年寿。我陡然觉得,这一年实在是非同小可,它告诉我,我明确无误地是增加了一岁。李白诗"高堂明镜悲白发",我很少照镜子,头顶上的白色是我感觉到的,而不是我亲眼看到的,白色仿佛有了重量,沉甸甸地压在我的头上。至于脸上的皱纹,则我连感觉都没有,我想也不去想它。

不管我的感觉怎样,反正我已经老了,这是一个丝毫也不容怀疑的事实。我已经老到了超过我的计划,超过我的期望。我父亲和母亲都只活了四十多岁,我原来的第一本账是活到五十岁。据说人的寿限是遗传的,我决不会活得超过父母太多。然而,五六十年,倏尔而过。六十还甲子,那时刚从牛棚里放出来,无暇考虑年龄。孔子的七十三,孟子的八十四,也如电光石火,一闪即逝。我已经忘记了原来的计划,只有预算,而没有决算,这实是与法律手续不合。可是再一转瞬,我已经变成了今天的我,已经是孑然一翁矣。按照洋办法,明年应该庆米寿了。

我活过的八十七年是短是长呢？从人的寿命来说,是够长的了。俗话说"人生七十古来稀",我已经过了古稀之年十七岁,难道还能不算长吗？从另一个观点上来看,它也够长的。这个想法我从来没有过,我也从来没有见任何中外文人学士有过。是我"天才的火花"一闪,闪出来这一个"平凡的真理"。现在,世界文明古国的中国的历史充其量不过说到了五千年,而我活的时间竟达到了五千年的五十分之一,你能说还不够长吗？遥想五千年前,人类可能从树上下来已经有些时候了,早就发明了火,能够使用工具,玩出了许多花样,自称为"万物之灵"。可是,从今天看来,花样毕竟有限,当时所谓"天上宫阙",可能就是指的月亮,原是可望而不可即的。可是今天人类已经登上了月球。原来笼罩在月宫上的一团神秘的迷雾,今天已经大白于天下了。人世沧桑,不可谓不大,而在这漫长的五千年中,我竟占了将近一百年,难道还能说不够长吗？

人类的两只眼睛长在脸上,不长在后脑勺上,只能向前看,想要向后看,必须回头转身。但是,在我回忆时,我是能向后看的。我看到的是一条极其漫长的隐在云雾中的道路,起点是山东的一个僻远的小村庄。从那里出发,我走到了济南,走到了北京,又走到迢迢万里的德国和瑞士。这一条路始终跟在我的身后,或者毋宁说被我拖在身后。在国外呆了十年多以后,我又拖着这一条路,或者说这一条路拖着我重又回到了我亲爱的祖国。然后,在几十年之内，我的双足又踏遍了亚洲的、非洲的以及欧洲的许多国家，我行动的轨迹当然又变成了路。这一条路一寸也没有断过，它有时曲曲折折，坎坎坷坷，有时又顺顺利利，痛痛快快，在现在的一瞬间，它就终止在我的脚下。但是，我知道，只要我上抬腿，这一条路立即就会开始延伸，一直延伸到那一个长满了野百合花的地方。什么时候延伸到那里，我不知道。但是看来还不会就到的。

近几年来，我读中外学术史和文学史，我有一个还没有听说别人有过的习惯：我先不管这些灿如流星的学者和诗人们的学术造诣，什么人民性，什么艺术性，这性，那性，我都置之不理，我先看他们的生卒年月。结果我有了一个令人吃惊的发现：他们绝大多数活的年龄都不大，一般那是四十、五十、六十岁。那少数著名的夭折的诗人，比如中国的李长吉，英国的雪莱和济慈等暂且不谈，活过古稀之年的真的不多。我年轻时知道德国伟大诗人歌德活了八十二岁，印度伟大的诗人泰戈尔活了八十岁，英国的萧伯纳、俄罗斯的托尔斯泰都活到了超过了八十岁，当时大为赞叹和羡慕。我连追赶他们，步他们后尘的念头，一点也没有，几乎认为那无疑是"天方夜谭"。然而，正如我在上面说过的那样，曾几何时，蓦回头，那一条极长极长的用我的双脚踩成的路，竟把我拖到了眼前。我大吃一惊：我今天的年龄早已超过了他们。我从灵魂深处感到一阵震颤。

我现在的心情是一方面觉得自己还年轻，在北大教授的年龄排名榜上，我离状元、榜眼，还有一大截，我至多排在十五名以后。而且，我还说过到八宝山去的路上，我决不加塞儿。然而，在另一方面，我真觉得自己活得太久了，太累了。几十年的老友不时有人会突然离开了人间，这种"后死者"的滋味是极难忍受的。而且意内和意外的工作，以及不虞的荣誉，纷至沓来。有时候一天接待六七起来访者和采访者。我好像成了医院里的主治大夫，吃饭的那一间大房子成了候诊室,来访的求诊者呼名鱼贯入诊。我还成了照相的道具,"审问"采访的对象,排班轮流同我照相。我最怕摄影者那一声棒喝:"笑一笑!"同老友照相,我由衷地含笑。但对某一些素昧平生的人,我笑得起来吗?这让我想到电视剧《瞧这一家子》中那个假笑或苦笑镜头,心中殷殷不安。

每天还有成捆成包的信件报刊。来信的人几乎遍布全国,男女老少都有。信的内容五花八门,匪夷所思,我简直成了无所不能、无所不知的圣人、神人。我的一位老友在他的文中说:"季羡林有信必复。"这真让我吃了苦头,我不想让老友"食言",自己又写不了那么多信,只有乞灵于我的一位多年的助手,还有我的学生,请他们代复,这样才勉强过关。我曾向我的助手说,从今以后再不接受采访,再不答应当什么"主编"、"顾问",再不写字了。然而话声还没有落地,又来了。来了,再三斟酌,哪一个也拒绝不了,只好自食其言,委曲求全。

这就是我产生矛盾心情的根源。我非常忆念"十年浩劫"中"不可接触者"的生活,那时候除了有时被批斗一下以外,实在很逍遥自在。走在路上,同谁也不打招呼,谁也不同我打招呼,谁也不会怪我,我也不怪任何人。我现在常常想到庄子的话:"大块劳我以生,息我以死。"这是真正的见道之言。

我现在有时候真想到死。请大家千万不要误会,我决不会自杀,不必对我严加戒备。人人都是怕死的,我对于死却并不怎样害怕。在1967年,我被"老佛爷"抄了家,头顶上戴的帽子之多之大,令人一看就胆战心惊。我一时想不开,制订了自杀的计划,口袋里装满了安眠药水和药片。我是"资产阶级反动权威",我只能采用资产阶级的自杀方式,决不能采用封建主义的自杀方式,比如跳水、上吊、跳楼之类。我选择好了自杀的地方,那地方是在圆明园芦苇丛中,轻易不会被人发现的。大概等到秋后割芦苇时我才能被发现,那时我的尸体恐怕已经腐烂得不像样子了。想到这里,我的心能不震动吗？但是我死前的心情却异常平静,我把仅有的一点钱交给婶母和德华,意思是让她们苟延残喘地活下去。然后我正想跳墙逃走时,雄赳赳的红卫兵踹门进来,押解我到大饭厅去批斗。批斗不是好事,然而却救了我一条命。提前批斗的原因是想打我的威风,因为我对"老佛爷"手下那一批喽啰态度"恶劣"。总之,我已到过死亡的边缘上,离死亡的距离间不容发。我知道死前的感觉如何,我觉得没有什么了不起的。因此,从那以后,我认为,死并不可怕,而我能活到今天,多活的这几十年都是白捡的。多活一天,就是白捡一天。我还有一个教训：对恶人或坏人,态度一定要"恶劣"。态度和蔼会导致死亡,态度恶劣则能救命。

我是一个平凡的人。如果说有什么优点的话,那就是我比较勤奋。我一生没有敢偷懒过,一直到今天,我每天仍然必须工作七八个小时。碰巧有一天我没有读书或写作,我在夜间往往辗转反侧难以入睡,痛责自己虚度一天。曹操有一首著名的诗："老骥伏枥,志在千里。烈士暮年,壮心不已。"我对此诗是非常欣赏的。我的毛病是忘乎所以,忘记了自己的年龄。我的所作所为,是"老骥伏枥,志在万里"。我仿佛像英国人所说的 teenager。我好像还不知道有多少年好活,脑筋里还不知道有多少读书计划,有多少写作计划好做。一个老年人忘记了自己的年龄,一方面可以说是好事,另一方面则只能说是坏事。这简直近于头脑发昏,头脑一发昏,就敢于无所不为。前两年,我从一米八高窗台上跳下,就是一个好例子,朋友们都替我捏一把"后"汗,我自己也不禁后怕不已。

就这样,我现在的心情是经常在矛盾中,一方面觉得自己活得太久了,太累了,一方面又忘记了自己的年龄；一方面也常提到死,一方面又觉得自己并不怕死,死亡离自己还颇远。可是矛盾的结果,后者往往占了上风。

在中国"古代诗人"中,苏东坡是我最喜欢者之一。记得十几岁作诗谜时,我采用的就是《苏东坡全集》。虽然不全懂,但糊里糊涂地翻了一遍。最近一两年来,又特爱苏东坡的词,我能够背诵不少首。我独爱其中一首《浣溪沙》。题目是"游蕲水清泉寺,寺临兰溪,溪水西流"。原文是:

> 山下兰芽短浸溪。松间沙路净无泥。萧萧暮雨子规啼。
> 谁道人生无再少?门前流水尚能西。休将白发唱黄鸡。

东坡问:"谁道人生无再少?"我答曰:"我道人生有再少。"我现在就有"再少"的感觉。这是我的现身说法。但是,我的"再少"在我的内心中似乎还是有条件的:吃饭为了活着,但是活着不是为了吃饭,而是为了工作。如果活着只是为了吃饭,还不如不活为佳。值此新年来临之际,我现在虔心祝愿我们全国安定团结,国泰民安。我祝愿全世界不再像现在这样乱糟糟的,狼烟四起,五洲震荡。祝福自己,虎年大吉。

1998 年 1 月 27 日旧历元旦前夕

牵就与适应

牵就,也作"迁就"。"牵就"和"适应",是我们说话和行文时常用的两个词儿,含义颇有些类似之处;但是,一仔细琢磨,二者间实有差别,而且是原则性的差别。

根据词典的解释,《现代汉语词典》注"牵就"为"迁就"和"牵强附会"。注"迁就"为"将就别人",举的例是:"坚持原则,不能迁就。"注"将就"为"勉强适应不很满意的事物或环境"。举的例是"衣服稍微小一点,你将就着穿吧!"注"适应"为"适合(客观条件或需要)"。举的例子是"适应环境"。"迁就"这个词儿,古书上也有,《辞源》注为"舍此取彼,委曲求合"。

我说,二者含义有类似之处,《现代汉语词典》注"将就"一词时就使用了"适应"一词。

词典的解释,虽然头绪颇有点乱,但是,归纳起来,"牵就(迁就)"和"适应"这两个词儿的含义还是清楚的。"牵就"的宾语往往是不很令人愉快、令人满意的事情。在平常的情况下,这种事情本来是不能或者不想去做的。极而言之,有些事情甚至是违反原则的,违反做人的道德的,当然完全是不能去做的。但是,迫于自己无法掌握的形势,或者出于利己的私心,或者由于其他的什么原因,非做不行,有时候甚至昧着自己的良心,自己也会感到痛苦的。

根据我个人的语感,我觉得,"牵就"的根本含义就是这样,词典上并没有说清楚。

但是,又是根据我个人的语感,我觉得,"适应"同"牵就"是不相同的。我们每一个人都会经常使用"适应"这个词儿的。不过在大多数的情况下,我们都是习而不察。我手边有一本沈从文先生的《花花朵朵　坛坛罐罐》,汪曾祺先生的《代序:沈从文转业之谜》中有一段话说:"一切终得变,沈先生是竭力想适应这种'变'的。"这种"变",指的是解放。沈先生写信给人说:"对于过去种种,得决心放弃,从新起始来学习。这个新的起始,并不一定即能配合当前需要,惟必能把握住一个进步原则来肯定,来完成,来促进。"沈从文先生这个"适应",是以"进步原则"来适应新社会的。这个"适应"是困难的,但是正确的。我们很多人在解放初期都有类似的经验。

再拿来同"牵就"一比较,两个词儿的不同之处立即可见。"适应"的宾语,同"牵就"不一样,它是好的事物,进步的事物;即使开始时有点困难,也必能心悦诚服地予以克服。在我们的一生中,我们会经常不断地遇到必须"适应"的事务,"适应"成功,我们就有了"进步"。

简截说:我们须"适应",但不能"牵就"。

1998年2月4日

缘分与命运

缘分与命运本来是两个词儿,都是我们口中常说,文中常写的。但是,仔细琢磨起来,这两个词儿含义极为接近,有时达到了难解难分的程度。

缘分和命运可信不可信呢?

我认为,不能全信,又不可不信。

我绝不是为算卦相面的"张铁嘴"、"王半仙"之流的骗子来张目。算八字算命那一套骗人的鬼话,只要一个异常简单的事实就能揭穿。试问普天之下——番邦暂且不算,因为老外那里没有这套玩意儿——同年、同月、同日、同时生的孩子有几万,几十万,他们一生的经历难道都能够绝对一样吗?绝对的不一样,倒近于事实。

可你为什么又说,缘分和命运不可不信呢?

我也举一个异常简单的事实。只要你把你最亲密的人,你的老伴——或者"小伴",这是我创造的一个名词儿,年轻的夫妻之谓也——同你自己相遇,一直到"有情人终成了眷属"的经过回想一下,便立即会同意我的意见。你们可能是一个生在天南,一个生在海北,中间经过了不知道多少偶然的机遇,有的机遇简直是间不容发,稍纵即逝,可终究没有错过,你们到底走到一起来了。即使是青梅竹马的关系,也同样有个"机遇"问题。这种"机遇"是报纸上的词儿,哲学上的术语是"偶然性",老百姓嘴里就叫作"缘分"

或"命运"。这种情况,谁能否认,又谁能解释呢?没有办法,只好称之为缘分或命运。

北京西山深处有一座辽代古庙,名叫"大觉寺"。此地有崇山峻岭,茂林流泉,有三百年的玉兰树,二百年的藤萝花,是一个绝妙的地方。将近二十年前,我骑自行车去过一次。当时古寺虽已破败,但仍给我留下了深刻的印象,至今忆念难忘。去年春末,北大中文系的毕业生欧阳旭邀我们到大觉寺去剪彩。原来他下海成了颇有基础的企业家。他毕竟是书生出身,念念不忘为文化作贡献。他在大觉寺里创办了一个明慧茶院,以弘扬中国的茶文化。我大喜过望,准时到了大觉寺。此时的大觉寺已完全焕然一新,雕梁画栋,金碧辉煌,玉兰已开过而紫藤尚开,品茗观茶道表演,心旷神怡,浑然欲忘我矣。

将近一年以来,我脑海中始终有一个疑团:这个英年岐嶷的小伙子怎么会到深山里来搞这么一个茶院呢?前几天,欧阳旭又邀我们到大觉寺去吃饭。坐在汽车上,我不禁向他提出了我的问题。他莞尔一笑,轻声说:"缘分!"原来在这之前他携伙伴郊游,黄昏迷路,撞到大觉寺里来。爱此地之清幽,便租了下来,加以装修,创办了明慧茶院。

此事虽小,可以见大。信缘分与不信缘分,对人的心情影响是不一样的。信者胜可以做到不骄,败可以做到不馁,决不至胜则忘乎所以,败则怨天尤人。中国古话说:"尽人事而听天命。"首先必须"尽人事",否则馅饼决不会自己从天上落到你嘴里来。但又必须"听天命"。人世间,波诡云谲,因果错综。只有能做到"尽人事而听天命",一个人才能永远保持心情的平衡。

1998年3月7日

论 压 力

《参考消息》今年7月3日以半版的篇幅介绍了外国学者关于压力的说法。我也正考虑这个问题,因缘和合,不免唠叨上几句。

什么叫"压力"？上述文章中说:"压力是精神与身体对内在与外在事件的生理与心理反应。"下面还列了几种特性,今略。我一向认为,定义这玩意儿,除在自然科学上可能确切外,在人文社会科学上则是办不到的。上述定义我看也就行了。

是不是每一个人都有压力呢？我认为,是的。我们常说,人生就是一场拼搏,没有压力,哪来的拼搏？佛家说,生、老、病、死、苦,苦也就是压力。过去的国王、皇帝,近代外国的独裁者,无法无天,为所欲为,看上去似乎一点压力都没有。然而他们却战战兢兢,时时如临大敌,担心边患,担心宫廷政变,担心被毒害被刺杀。他们是世界上最孤独的人,压力比任何人都大。大资本家钱太多了,担心股市升降,房地产价波动,等等。至于吾辈平民老百姓,"家家有一本难念的经",这些都是压力,谁能躲得开呢？

压力是好事还是坏事？我认为是好事。从大处来看,现在全球环境污染,生态平衡破坏,臭氧层出洞,人口爆炸,新疾病丛生等等,人们感觉到了,这当然就是压力,然而压出来的却是增强忧患意识,增强防范措施,这难道不是天大的好事吗？对一般人来说,法律和其他一切合理的规章制度,都是压力。然而这些压力何等好啊！没有它,社会将会陷入混乱,人类将无法生存。这个道理极其简单明了,一说就懂。我举自己作一个例子。我不是一个没有名利思想的人——我怀疑真有这种人,过去由于一些我曾经说过的原因,表面上看起来,我似乎是淡泊名利,其实那多半是假象。但是,到了今天,我已至望九之年,名利对我已经没有什么用,用不着再争名于朝,争利于市,这方面的压力没有了。但是却来了另一方面的压力,主要来自电台采访和报刊以及友人约写文章。这对我形成颇大的压力。以写文章而论,有的我实在不愿意写;可是碍于面子,不得不应。应就是压力。于是"拨冗"苦思,往往能写出有点新意的文章。对我来说,这就是压力的好处。

　　压力如何排除呢？粗略来分类,压力来源可能有两类：一被动,一主动。天灾人祸,意外事件,属于被动,这种压力,无法预测,只有泰然处之,切不可杞人忧天。主动的来源于自身,自己能有所作为。我的"三不主义"的第三条是"不嘀咕",我认为：能做到遇事不嘀咕,就能排除自己制造成的压力。

1998年7月8日

不完满才是人生

每个人都争取一个完满的人生。然而,自古及今,海内海外,一个百分之百完满的人生是没有的。所以我说,不完满才是人生。

关于这一点,古今的民间谚语,文人诗句,说到的很多很多。最常见的比如苏东坡的词:"人有悲欢离合,月有阴晴圆缺,此事古难全。"南宋方岳(根据吴小如先生考证)诗句:"不如意事常八九,可与人言无二三。"这都是我们时常引用的,脍炙人口的。类似的例子还能够举出成百上千来。

这种说法适用于一切人,旧社会的皇帝老爷子也包括在里面。他们君临天下,"率土之滨,莫非王土",可以为所欲为,杀人灭族,小事一端,按理说,他们不应该有什么不如意的事。然而,实际上,王位继承,宫廷斗争,比民间残酷万倍。他们威仪俨然地坐在宝座上,如坐针毡。虽然捏造了"龙御上宾"这种神话,他们自己也并不相信。他们想方设法以求得长生不老,他们最怕"一旦魂断,宫车晚出"。连英主如汉武帝、唐太宗之辈也不能"免俗"。汉武帝造承露金盘,妄想饮仙露以长生;唐太宗服印度婆罗门的灵药,期望借此以不死。结果,事与愿违,仍然是"龙御上宾"呜呼哀哉了。

在这些皇帝手下的大臣们,"一人之下,万人之上",权力极大,骄纵恣肆,贪赃枉法,无所不至。在这一类人中,好东西大概极少,否则包公和海瑞等决不会流芳千古,久垂宇宙了。可这些人到了皇帝跟前,只是一个奴才,常言道:伴君如伴虎,可见他们的日子并不好过。据说明朝的大臣上朝时在笏板上夹带一点鹤顶红，一旦皇恩浩荡，钦赐极刑，连忙用舌尖舔一点鹤顶红，立即涅槃，落得一个全尸。可见这一批人的日子也并不好过，谈不到什么完满的人生。

至于我辈平头老百姓，日子就更难过了。建国前后，不能说没有区别，可是一直到今天，仍然是"不如意事常八九"。早晨在早市上被小贩"宰"了一刀；在公共汽车上被扒手割了包，踩了人一下，或者被人踩了一下，根本不会说"对不起"了，代之以对骂，或者甚至演出全武行。到了商店，难免买到假冒伪劣的商品，又得生一肚子气。谁能说，我们的人生多是完满的呢？

再说到我们这一批手无缚鸡之力的知识分子，在历史上一生中就难得过上几天好日子。只一个"考"字，就能让你谈"考"色变。"考"者，考试也。在旧社会科举时代，"千军万马独木桥"，要上进，只有科举一途，你只需读一读吴敬梓的《儒林外史》，就能淋漓尽致地了解到科举的情况。以周进和范进为代表的那一批举人进士，其窘态难道还不能让你胆战心惊、啼笑皆非吗？

现在我们运气好，得生于新社会中。然而那一个"考"字，宛如如来佛的手掌，你别想逃脱得了。幼儿园升小学，考；小学升初中，考；初中升高中，考；高中升大学，考；大学毕业想当硕士，考；硕士想当博士，考。考，考，考，变成烤，烤，烤；一直到知命之年，厄运仍然难免，现代知识分子落到这一张密而不漏的天网中，无所逃于天地之间，我们的人生还谈什么完满呢？

灾难并不限于知识分子，"人人有一本难念的经"，所以我说"不完满才是人生"。这是一个"平凡的真理"；但是真能了解其中的意义，对己对人都有好处。对己，可以不烦不躁；对人，可以互相谅解。这会大大地有利于整个社会的安定团结。

1998年8月20日

谦虚与虚伪

在伦理道德的范畴中,谦虚一向被认为是美德,应该扬。而虚伪则一向被认为是恶习,应该抑。

然而,究其实际,两者间有时并非泾渭分明,其区别间不容发。谦虚稍一过头,就会成为虚伪。我想,每个人都会有这种体会的。

在世界文明古国中,中国是提倡谦虚最早的国家。在中国最古的经典之一的《尚书·大禹谟》中就已经有了"满招损,谦受益,时(是)乃天道"这样的教导,把自满与谦虚提高到"天道"的水平,可谓高矣。从那以后,历代的圣贤无不张皇谦虚,贬抑自满。一直到今天,我们常用的词汇中仍然有一大批与"谦"字有联系的词儿,比如"谦卑"、"谦恭"、"谦和"、"谦谦君子"、"谦让"、"谦顺"、"谦虚"、"谦逊"等等,可见"谦"字之深入人心,久而愈彰。

我认为,我们应当提倡真诚的谦虚,而避免虚伪的谦虚,后者与虚伪间不容发矣。

可是在这里我们就遇到了一个拦路虎:什么叫"真诚的谦虚"呢?什么又叫"虚伪的谦虚"?两者之间并非泾渭分明,简直可以说是因人而异,因地而异,因时而异,掌握一个正确的分寸难于上青天。

最突出的是因地而异,"地"指的首先是东方和西方。在东方,比如说中国和日本,提到自己的文章或著作,必须说是"拙作"或"拙文"。在西方各国语言中是找不到相当的词儿的,尤有甚者,甚至可能产生误会。中国人请客,发请柬必须说"洁治菲酌",不了解东方习惯的西方人就会满腹疑团:为什么单单用"不丰盛的宴席"来请客呢?日本人送人礼品,往往写上"粗品"二字,西方人又会问:为什么不用"精品"来送人呢?在西方,对老师,对朋友,必须说真话,会多少,就说多少。如果你说,这个只会一点点儿,那个只会一星星儿,他们就会信以为真,在东方则不会。这有时会很危险的。至于吹牛之流,则为东西方同样所不齿,不在话下。

可是怎样掌握这个分寸呢?我认为,在这里,真诚是第一标准。虚怀若谷,如果是真诚的话,它会促你永远学习,永远进步。有的人永远"自我感觉良好",这种人往往不能进步。康有为是一个著名的例子。他自称,年届而立,天下学问无不掌握。结果说康有为是一个革新家则可,说他是一个学问家则不可。较之乾嘉诸大师,甚至清末民初诸大师,包括他的弟子梁启超在内,他在学术上是没有建树的。

总之,谦虚是美德,但必须掌握分寸,注意东西。在东方谦虚涵盖的范围广,不能施之于西方,此不可不注意者。然而,不管东方或西方,必须出之以真诚,有意的过分的谦虚就等于虚伪。

1998 年 10 月 3 日

温馨,家庭不可或缺的气氛

大千世界,芸芸众生,除了看破红尘出家当和尚的以外,每一个人都会有一个家。一提到家,人们会不由自主地漾起一点温暖之意,一丝幸福之感。

不这样也是不可能的。不管是单职工还是双职工,白天在政府机构、学校、公司、工厂、商店等等五花八门的场所工作劳动;不管是脑力劳动,还是体力劳动,都会付出巨大的力量,应付错综复杂的局面,会见性格各异的人物,有时会弄得筋疲力尽。有道是:"不如意事常八九。"哪里事事都会让你称心如意呢?到了下班以后,有如倦鸟还巢一般,带着一身疲惫,满怀喜悦,回到自己家里。这是一个真正的安身立命之处,在这里人们主要祈求的就是温馨。有父母的,向老人问寒问暖,老少都感到温馨;有子女的,同孩子谈上几句,亲子都感到温馨;夫妻说上几句悄悄话,男女都感到温馨。当是时也,白天一天操劳身心两方面的倦意,间或有心中的愤懑,工作中或竞争中偶尔的挫折,在处理事务中或人际关系中碰的一点小钉子,如此等等,都会烟消云散,代之而兴的是融融的愉悦。总之,感到的是不能用任何语言表达的温馨。

你还可以便装野服,落拓形迹。白天在外面有时不得不戴着的假面具,完全可以甩掉。有时不得不装腔作势,以求得能适应应对进退的所谓礼貌,也统统可以丢开,还你一个本来面目,圆通无碍,纯然真我。天下之乐宁有过于此者乎?所有这一切都来自家庭中真正的温馨。

但是,是不是每一个家庭都是温馨天成、唾手可得呢?不,不,决不是的。家庭中虽有夫妻关系、亲子关系、血缘关系,但是,所有这一些关系,都不能保证温馨气氛必然出现。俗话说,锅碗瓢盆都会相撞。每个人的脾气不一样,爱好不一样,习惯不一样,信念不一样,而且人是活人,喜怒哀乐,时有突变的情况,情绪也有不稳定的时候,特别是在自己的亲人面前,更容易表露出来。有时候为一点芝麻绿豆大的小事,也会意见相左,处理不得法,也能产生龃龉。天天耳鬓厮磨,谁也不敢保证这种情况不会发生。

那么,我们应当怎么办呢?就我个人来看,处理这样清官难断的家务事,说难极难,说不难也颇易。只要能做到"真"、"忍"二字,虽不中,不远矣。"真"者,真情也;"忍"者,容忍也。我归纳成了几句顺口溜:相互恩爱,相互诚恳,相互理解,相互容忍,出以真情,不杂私心,家庭和睦,其乐无垠。

有人可能不理解,我为什么把容忍强调到这样的高度。要知道,容忍是中华美德之一。我们的往圣先贤,大都教导我们要容忍。民间谚语中,也有不少容忍的内容,教人忍让。有的说法,看似消极,实有积极意义,比如"忍辱负重",韩信就是一个有名的例子。《唐书》记载,张公艺九世同居,唐高宗问他睦族之道,公艺提笔写了一百多个"忍"字递给皇帝。从那以后,姓张的多自命为"百忍家声"。佛家也十分强调忍辱之要义,经中有很多忍辱仙人的故事。常言道:"小不忍则乱大谋。"在家庭中则是"小不忍则乱家庭"。夫妻、父母、子女之间,有时难免有不同的意见,如果一方发点小脾气,你让他(她)一下,风暴便可平息。等到他(她)心态平衡以后,自己会认错的。此时,如果你也不冷静,火冒三丈,轻则动嘴,重则动手,最终可能告到法庭,宣判离婚,岂不大可哀哉!父母兄弟姊妹之间,也有同样的情况。结果,一个好端端的家庭,会弄得分崩离析。这轻则会影响你暂时的情绪,重则影响你的生命前途。难道我这是危言耸听吗?

总之,温馨是家庭不可或缺的气氛,而温馨则是需要培养的。培养之道,不出两端,一真一忍而已。

1998 年 10 月 23 日

百年回眸

我们眼前正处在一个"世纪末",甚至"千纪末"中。所谓"世纪"是人为地制造成的。如果没有耶稣,哪里来的什么公元;如果没有公元,又哪里来的什么世纪。这种人工制成的东西,不像年、月、日、时,春、夏、秋、冬这些大自然形成的东西,有其产生的必然性,对人类和世界万物有其必然的影响。这是一个十分浅显的道理,一想就能明白的。

可是人造的世纪,偏偏又回过头来对人类的思想和行动产生影响。19世纪的"世纪末"中,欧洲思想界、文学艺术界所发生的颇为巨大的变动,是人所共知的。然而,迄今却还没有得到合情合理的解释。

现在一个新的"世纪末"又来到了我们身边。在这个20世纪的"世纪末"中,全球政治方面的剧烈变动,实在令人有石破天惊之感。在哲学思想、文艺理论等方面的变动,也十分惊人。今天一个"主义",明天一个"主义",令人目不暇接,而所谓"信息爆炸",更搅得天下不安。这些都是事实,至于它们与"世纪末"有否必然的联系,则是说不清楚的一个问题。

也有能完全说得清楚的就是,眼下全世界各国政府,以及一切懂得世纪和世纪末的意义的人士,无不纷纷回顾,回顾即将过去的20世纪,又纷纷瞻望,瞻望即将来临的21世纪。学术界也在忙着总结20世纪的成绩,预想下一个世纪的前景。几乎人人都在犯着神秘莫测的世纪病。

有人称我为"世纪老人",我既感光荣,又感惶恐,因为,我自己还欠一把火,我只在20世纪生活了89年,还差11年才够得上一个世纪,但是,退一步想,我毕竟经历了一个世纪的百分之九十,虽不中,不远矣。回忆一个世纪的经历,我还算是有点资格的。因此,我不揣冒昧,就来一个"世纪回眸",谈一谈我在过去一个世纪中的亲身感受。

我一向有一个看法,我觉得,每一个人的一生都是一场拼搏。人的降生,都是被动的,并非出于个人愿望。既然来到人间,就必须活下去。然而,活下去却并不容易,包括旧时代的皇帝在内,馅饼并不从天上自动掉到你的嘴里来,你必须去拼搏。这是一个人生存的首要任务。我从1911年起,就拼搏着前进,有时走阳关大道,有时走独木小桥。有时风和日丽,有时阴霾蔽天,拼呀拼,一直拼到今天,总算还活着,我的同龄人有的已经离开了这个世界。我现在的情况可以拿一句旧诗来形象地描绘出来:"删繁就简三秋树。"我这一个叶片身边老叶片不多了,怎能没有凄清寂寞之感呢?

再谈这一百年来我亲身经历的世界大事和国家大事。我经历过清朝帝国,虽然只有两个多月,毕竟还得算是清朝"遗小"。我经历过辛亥革命,经历过洪宪称帝,经历过军阀混战,经历过国民党统治,经历过日寇入侵,经历过抗日战争,其间我在欧洲住过十年,亲身经历了"二战",又经历过解放战争,经历过中华人民共和国的建立。建立以后,眼前虽然有了希望了,然而又今天斗,明天斗,这次我斗你,下次你斗我,搅得知识分子如我者,天天胆战心惊,如履薄冰,斗到了1966年,终于斗进了牛棚。改革开放以后,松了一口气,然而人已垂垂老矣。

从世界范围内来看,西方工业革命以后,科技的发展给全世界人民带来极大的福利,无远弗届。这我们决不会忘记。然而跟着来的却是无穷无尽的灾害和弊端,举其荦荦大者,如环境污染,空气污染,生态平衡破坏,臭氧层出洞,人口爆炸,新疾病产生,淡水资源匮乏,如此等等,不一而足。上面列举的弊端,都与工业生产有紧密联系,哪一个弊端不消除,也能影响人类生存的前途。现在,有识之士,奔走惊呼,各国政府也在努力设立专门机构,企图解决这些问题。"天之骄子"的人类何去何从?实在成了"世纪末"的一大问题。

再说到我自己。我从1911年就努力拼搏,拼搏了一生,好像是爬泰山南天门。我不想"会当凌绝顶,一览众山小"。我只是不得不爬而已。有如鲁迅《野草》中的那一位"过客",只有努力向前。我想起了两句旧诗:"马后桃花马前雪,教人哪得不回头?"我想把这诗改为:"马前桃花马后雪,教人哪得肯回头?"我的"马前"当然指的是21世纪,"马后"就是即将过去的20世纪。"马后雪",是可以肯定的。"马前桃花",却只是我的希望。我真是万分虔诚地期望着,21世纪将会是桃花开满了普天之下,绚丽芬芳,香气直冲牛斗。

1998年10月15日

走运与倒霉

　　走运与倒霉，表面上看起来，似乎是绝对对立的两个概念。世人无不想走运，而决不想倒霉。

　　其实，这两件事是有密切联系的，互相依存的，互为因果的。说极端了，简直是一而二二而一者也。这并不是我的发明创造。两千多年前的老子已经发现了，他说："祸兮福之所倚，福兮祸之所伏。孰知其极？其无正。"老子的"福"就是走运，他的"祸"就是倒霉。

　　走运有大小之别，倒霉也有大小之别，而两者往往是相通的。走的运越大，则倒的霉也越惨，两者之间成正比。中国有一句俗话说："爬得越高，跌得越重。"形象生动地说明了这种关系。

　　吾辈小民，过着平平常常的日子，天天忙着吃、喝、拉、撒、睡，操持着柴、米、油、盐、酱、醋、茶。有时候难免走点小运，有的是主动争取来的，有的是时来运转，好运从天上掉下来的。高兴之余，不过喝上二两二锅头，飘飘然一阵了事。但有时又难免倒点小霉，"闭门家中坐，祸从天上来"，没有人去争取倒霉的。倒霉以后，也不过心里郁闷几天，对老婆孩子发点小脾气，转瞬就过去了。

　　但是，历史上和眼前的那些大人物和大款们，他们一身系天下安危，或者系一个地区、一个行当的安危。他们得意时，比如打了一个大胜仗，或者倒卖房地产、炒股票，发了一笔大财，意气风发，踌躇满志，自以为天上天下，唯我独尊。"固一世之雄也"，怎二两二锅头了得！然而一旦失败，不是自刎乌江，就是从摩天高楼跳下，"而今安在哉"！

从历史上到现在，中国知识分子有一个"特色"，这在西方国家是找不到的。中国历代的诗人、文学家，不倒霉则走不了运。司马迁在《太史公自序》中说："昔西伯拘羑里，演《周易》；孔子厄陈蔡，作《春秋》；屈原放逐，著《离骚》；左丘失明，厥有《国语》；孙子膑脚，而论兵法；不韦迁蜀，世传《吕览》；韩非囚秦，《说难》、《孤愤》；《诗》三百篇，大抵贤圣发愤之所为作也。"司马迁算的这个总账，后来并没有改变。汉以后所有的文学大家，都是在倒霉之后，才写出了震古烁今的杰作。像韩愈、苏轼、李清照、李后主等等一批人，莫不皆然。从来没有过状元宰相成为大文学家的。

了解了这一番道理之后，有什么意义呢？我认为，意义是重大的。它能够让我们头脑清醒，理解祸福的辩证关系：走运时，要想到倒霉，不要得意过了头；倒霉时，要想到走运，不必垂头丧气。心态始终保持平衡，情绪始终保持稳定，此亦长寿之道也。

1998 年 11 月 2 日

做人与处世

　　一个人活在世界上,必须处理好三个关系:第一,人与大自然的关系;第二,人与人的关系,包括家庭关系在内;第三,个人心中思想与感情矛盾与平衡的关系。这三个关系,如果能处理得好,生活就能愉快;否则,生活就有苦恼。

　　人本来也是属于大自然范畴的。但是,人自从变成了"万物之灵"以后,就同大自然闹起独立来,有时竟成了大自然的对立面。人类的衣食住行所有的资料都取自大自然,我们向大自然索取是不可避免的。关键是,怎样去索取?索取手段不出两途:一用和平手段,一用强制手段。我个人认为,东西文化之分野,就在这里。西方对待大自然的基本态度或指导思想是"征服自然",用一句现成的套话来说,就是用处理敌我矛盾的方法来处理人与大自然的关系。结果呢,从表面上看上去,西方人是胜利了,大自然真的被他们征服了。自从西方产业革命以后,西方人屡创奇迹。楼上楼下,电灯电话。大至宇宙飞船,小至原子,无一不出自西方"征服者"之手。

　　然而,大自然的容忍是有限度的,它是能报复的,它是能惩罚的。报复或惩罚的结果,人皆见之,比如环境污染,生态失衡,臭氧层出洞,物种灭绝,人口爆炸,淡水资源匮乏,新疾病产生,如此等等,不一而足。这些弊端中哪一项不解决都能影响人类生存的前途。我并非危言耸听,现在全世界人民和政府都高呼环保,并采取措施。古人说:"失之东隅,收之桑榆。"犹未为晚。

中国或者东方对待大自然的态度或哲学基础是"天人合一"。宋人张载说得最简明扼要:"民,吾同胞;物,吾与也。""与"的意思是伙伴。我们把大自然看作伙伴,可惜我们的行为没能跟上。在某种程度上,也采取了"征服自然"的办法,结果也受到了大自然的报复。前不久南北的大洪水不是很能发人深省吗?

至于人与人的关系,我的想法是:对待一切善良的人,不管是家属,还是朋友,都应该有一个两字箴言:一曰真,二曰忍。真者,以真情实意相待,不允许弄虚作假。对待坏人,则另当别论。忍者,相互容忍也。日子久了,难免有点磕磕碰碰。在这时候,头脑清醒的一方应该能够容忍。如果双方都不冷静,必致因小失大,后果不堪设想。唐朝张公艺的"百忍"是历史上有名的例子。

至于个人心中思想感情的矛盾,则多半起于私心杂念。解之之方,唯有消灭私心,学习诸葛亮的"淡泊以明志,宁静以致远",庶几近之。

1998年11月17日

我们为什么有时候应当说谎？

我已经在"夜光杯"上写过两篇《论撒谎》的短文，我对这个问题已经阐述得差不多了，本不应，也不想再来饶舌了。但是，我最近在《书摘》1998年11期读到了摘自何怀宏先生的《底线伦理》的名曰《我们为什么不应当说谎？》的文章，心有所感，便写了这一篇短文。

何文在开始前就用黑体字写了或引了一段话："说谎不仅是对直接受骗者的伤害，也是对整个社会的伤害。"这个纲上得够高的了。下面在文章中，作者首先说："说谎本身即恶，诚实本身即善。"然后根据康德的学说，对说谎作了哲学的分析。康德认为，说谎由于其本身的性质而要自己否定自己。作者在下面又根据康德的学说对说谎进行了分析，他首先提出了普遍化原则。他说："它（指说谎——引者）一旦被试以能否普遍化的原则，就要自相矛盾，自行取消。"接着他又提出了说谎违反了人是目的的原则，说谎者把人视作仅仅作为手段，而不是目的。他进一步又说，说谎也可以说是违反了意志自律的原则。以上是康德的三原则。

作者接着又阐述了自己的观点。他认为，康德不赞同根据效果来进行道德论证，他却说有必要把效果也考虑进来。他的结论是：说谎从其性质和效果上都是一件坏事，而诚实却从两方面来说都是一件好事。

我不懂哲学，不喜欢哲学；但是从我的日常经验来说，我总觉得这是哲学家之论,书生之论,秀才之论。崇诚实而抑说谎无疑是正确的。但是,我们必须考虑场合,考虑谎言的性质。在敌人的法庭上,在夹棍、油锅等等逼供刑具的威胁下,你能对敌人诚实吗?你能把自己方面的秘密诚实地和盘托出吗?在这样的场合下,诚实反而是罪恶,而说谎则是美德。

即使在我们日常生活中,也会常常碰到说实话与说谎话的矛盾。比如有人请你去开会,你因某一些原因不想去,那么,你就可以说:已经有了别的安排,或者说身体不适。这样一来,如果对方是聪明人的话,他会心照不宣,双方都保持了面子。如果你想遵守诚实的原则,直白地说:"你们的会不够格,我不想去参加。"对方会被置于尴尬的境地,气量小者则会勃然大怒。双方本来有的友谊可能因此而破裂。这样的谎言我们几乎常常会说,它对双方都无害。它不但不是非道德的,而是必要的。对保持人与人关系的安定团结,是不可或缺的。

我再重复一遍,我不是哲学家,也不是伦理学家;但是,我说的话,虽然看上去是幼儿园的水平,可都是大实话。

1998 年 11 月 18 日

哲学的用处

我曾在很多文章中说到过自己的一个偏见：我最害怕哲学和哲学家，有一千个哲学家，就有一千种哲学，有的哲学家竟沦为修辞学家。我怀疑，这样的哲学究竟有什么用处。

高明的人士教导说：哲学的用处大着哩，上可以阐释宇宙，下能够指导人生；自然科学的研究成果靠哲学来总结，世界人民前进的道路靠哲学来指明；人文素质用哲学来提高，个人修养用哲学来加深，如此等等，不一而足。这些话都说得很高，也可能很正确。但是，我总觉得有些地方对不上号。我也曾读过西洋哲学史，看过一些中国哲学史。无奈自己禀性庸劣，缺少慧根，读起来总感到有点格格不入。这就好像夏虫不足以语冰，河鲵不足以语海，天资所限，实在是无可奈何。

今天看《参考消息》，读了一篇《英国大学生缘何喜爱古典哲学》，喜其文简意深，不妨抄上几段，公诸同好。文章说："尽管现代哲学有着迷人的外表，但是那些深一步研究它的人却往往感到失望。"现在英国大学生报名学习古典哲学的人远远超过现代哲学，原因就在这里。文章接着说："古代哲学远比现代哲学更符合多数人对哲学的概念。古代哲学家很单纯地认为，哲学就应当在某种方式上帮助人们生活得更好——这个美丽的理想在现代哲学中几乎找不到。"作者引用了公元前341年出生的伊壁鸠鲁的话说："如果不关怀人类的痛苦，无论哪一位哲学家的论点都毫无价值。因为,就像医学不能祛除身体的疾病就没有益处一样,哲学不祛除精神上的痛苦也毫无益处。"在这里,文章的作者指出,这些话恰好反映出准备在大学里学习哲学的学生们的愿望。但可惜的是,多数授课者却没有这种愿望。

文章作者指出的这种现象,是非常有意义的,是非常具有启发性的。我不知道,这种现象在英国,在其他欧美国家,涵盖面有多大。我也不知道,在中国是否也有同样的现象。这里表现出来的新老哲学家或哲学爱好者对哲学本身要求的矛盾,是颇为值得研究的。我个人的想法是,伊壁鸠鲁属于西方哲学发展的早期,哲学家都比较淳朴,讲出来的道理也比较明白易懂。随着时间的推移,世界变化越来越复杂,人们,特别是哲学家们的分析概念的能力也越来越细致,分析越来越艰深,玄之又玄,众妙无门,最后达到了让平常人望而却步的程度。但因此也就越来越脱离平常人的要求,哲学家们躲入象牙塔中,孤芳自赏。但是物极必反,世界通例。英国年轻学子对哲学的要求,正反映了这个规律。

我自己对哲学的要求或者期望,有点像英国的大学生。但我决不敢高攀。我的哲学水平大概只有小学水平,因此才对最早期的西方哲学感兴趣。然而,我并不愧疚,我还是要求哲学要有用处。

1998 年 12 月 23 日

谈 孝

孝,这个概念和行为,在世界上许多国家中都是有的,而在中国独为突出。中国社会,几千年以来就是一个宗法伦理色彩非常浓的社会,为世界上任何国家所不及。

中国人民一向视孝为最高美德。嘴里常说的,书上常讲的三纲五常,又是什么三纲六纪,哪里也不缺少父子这一纲。具体地应该说"父慈子孝"是一个对等的关系。后来不知道是怎么一来,只强调"子孝",而淡化了"父慈",甚至变成了"天下无不是的父母"。古书上说:"身体发肤,受之父母。"一个人的身体是父母给的,父母如果愿意收回去,也是可以允许的了。

历代有不少皇帝昭告人民:"以孝治天下。"自己还装模作样,尽量露出一副孝子的形象。尽管中国历史上也并不缺少为了争夺王位导致儿子弑父的记载,野史中这类记载就更多。但那是天子的事,老百姓则是绝对不能允许的。如果发生儿女杀父母的事,皇帝必赫然震怒,处儿女以极刑中的极刑:万剐凌迟。在中国流传时间极长而又极广的所谓"教孝"中,就有一些提倡愚孝的故事,比如王祥卧冰、割股疗疾等等都是迷信色彩极浓的故事,产生了不良的影响。

但是中华民族毕竟是一个极富于理性的民族,就在已经被视为经典的《孝经·谏诤章》中,我们可以读到下列的话:

昔者,天子有诤臣七人,虽无道,不失其天下;诸侯有诤臣

> 五人,虽无道,不失其国;大夫有诤臣三人,虽无道,不失其家;士有诤友,则身不离于令名;父有诤子,则身不陷于不义。故当不义,则子不可以不诤于父,臣不可以不诤于君;故当不义,则诤之,从父之令,又焉得为孝乎?

这话说得多么好呀,多么合情合理呀!这与"天下无不是的父母"这一句话形成了鲜明的对立。后者只能归入愚孝一类,是不足取的。

到了今天,我们应该怎样对待孝呢?我们还要不要提倡孝道呢?据我个人的观察,在时代变革的大潮中,孝的概念确实已经淡化了。不赡养老父老母,甚至虐待他们的事情,时有所闻。我认为,这是不应该的,是影响社会安定团结的消极因素。我们当然不能再提倡愚孝;但是,小时候父母抚养子女,没有这种抚养,儿女是活不下来的。父母年老了,子女来赡养,就不说是报恩吧,也是合乎人情的。如果多数子女不这样做,我们的国家和社会能负担起这个任务来吗?这对我们迫切要求的安定团结是极为不利的。这一点简单的道理,希望当今为子女者三思。

1999年5月14日

世纪回眸

我被姚明大姐尊为世纪老人，心里颇有点忐忑不安，觉得还欠一把火。因为我在本世纪只活了八十九年，还差十一年才够一百年。但是，如果四舍五入的话，也就八九不离十，我可以心安理得了。

可是，如果让我讲一点世纪感想之类的东西，我却还真有点困难，一部二十四史，不知从何处说起了。

从时间上来看，过去的一个世纪几乎可以整整齐齐地切为两半，前一半是所谓旧社会，后一半就是新社会。前一半经历过许多大的事变：大清帝国、中华民国、洪宪王朝、军阀混战、国民党政府、第一次国内革命战争、日寇侵略、第二次国内革命战争，一直到新中国的建立。在后一半中，虽然没有像前一半那样有那么剧烈的变化，然而，道路也并不平坦。总的发展趋势是，光明——黑暗——光明，光明将把我们带向21世纪。

姚明大姐主办《老人天地》，沙洪同志妇唱夫随，也关心老人事业。我作为老人之一，对他们表示衷心的谢意。我对我国的老人事业有一些想法，想借这个机会表白一下。

首先，我觉得，现在我国规定60岁为老年，这有点太性急了，在旧社会这样规定是可以的，当时我国的平均寿命不高。可是现在情况大大地改变了，平均寿命几乎增加了一倍。60岁正是有所作为的时期，绝大多数60岁的人满头黑发，精力旺盛。在我眼中，他们正当壮年,怎么一下子竟把他推向老年,打入另册呢,这对人尽其力是极不妥的。

"老龄化社会"这样的词儿,我总疑心是舶来品,是西方实用主义社会的产品。表面上似乎是尊重老年人,实际上却是想告诉老年人:"你不行了,不中用了,要靠社会来赡养了。"我不知道,西方的老人对此有什么反应。我作为一个中国的老人认为,中国传统的伦理道德是尊重老人的。现在弄来了这样的洋玩意儿,天天在我耳边聒噪,心里很不耐烦。我看到很多 60 岁以上的老人,仍然鼓足干劲,认真做着自己的工作,并没有都成为社会的负担。我希望,好心人不必这样担心,不必这样天天聒噪,让我们老人耳根清静,安心干自己的活。

在常常提到的几句话中有"老有所乐"、"老有所养"、"老有所为"等等,我认为应该强调"老有所为",给老人多鼓干劲,我想多数的老年人会乐意听的。我看到不少的老人真正是"老骥伏枥,志在千里;烈士暮年,壮心不已"。有这样的一些老年人,即使按照西洋的标准,一个城市甚至整个国家都进入了老龄化城市、老龄化国家的范畴,天也塌不下来。人类的年龄将会越来越高,这是一切科学家都承认的事实,将来全球都会老龄化的。现在有些人就天天吆喝"老龄化""老龄化",真正是"可怜无补费精神"。

1999 年 6 月 17 日

坏　人

积将近九十年的经验,我深知世界上确实是有坏人的。乍看上去,这个看法的智商只能达到小学一年级的水平。这就等于说"每个人都必须吃饭"那样既真实又平庸。

可是事实上我顿悟到这个真理,是经过了长时间的观察与思考的。

我从来就不是性善说的信徒,毋宁说我是倾向性恶说的。古书上说"天命之谓性","性"就是我们现常说的"本能",而一切生物的本能是力求生存和发展,这难免引起生物之间的矛盾,性善又何从谈起呢?

那么,什么又叫作"坏人"呢?记得鲁迅曾说过,干损人利己的事还可以理解,损人又不利己的事千万干不得。我现在利用鲁迅的话来给坏人作一个界定:干损人利己的事是坏人,而干损人又不利己的事,则是坏人之尤者。

空口无凭,不妨略举两例。一个人搬到新房子里,照例大事装修,而装修的方式又极野蛮,结果把水管凿破,水往外流。住在楼下的人当然首蒙其害,水滴不止,连半壁墙都浸透了。然而此人却不闻不问,本单位派人来修,又拒绝入门。倘若墙壁倒塌,楼下的人当然会受害,他自己焉能安全!这是典型的损人又不利己的例子。又有一位"学者",对某一种语言连字母都不认识,却偏冒充专家,不但在国内蒙混过关,在国外也招摇撞骗。有识之士皆嗤之以鼻。这又是一个典型的损人而不利己的例子。

　　根据我的观察,坏人,同一切有毒的动植物一样,是并不知道自己是坏人的,是毒物的。鲁迅翻译的《小约翰》里讲到一个有毒的蘑菇听人说它有毒,它说,这是人话。毒蘑菇和一切苍蝇、蚊子、臭虫等等,都不认为自己有毒。说它们有毒,它们大概也会认为这是人话。可是被群众公推为坏人的人,他们难道能说:说他们是坏人的都是人话吗?如果这是"人话"的话,那么他们自己又是什么呢?

　　根据我的观察,我还发现,坏人是不会改好的。这有点像形而上学了。但是,我却没有办法。天下哪里会有不变的事物呢?哪里会有不变的人呢?我观察的几个"坏人"偏偏不变。几十年前是这样,今天还是这样。我想给他们辩护都找不出词儿来。有时候,我简直怀疑,天地间是否有一种叫作"坏人基因"的东西?可惜没有一个生物学家或生理学家提出过这种理论。我自己既非生物学家,又非生理学家,只能凭空臆断。我但愿有一个坏人改变一下,改恶从善,堵住了我的嘴。

1999 年 7 月 24 日

我害怕"天才"

人类的智商是不平衡的,这种认识已经属于常识的范畴,无人会否认的。不但人类如此,连动物也不例外。我在乡下观察过猪,我原以为这蠢然一物,智商都一样,无所谓高低的。然而事实上猪们的智商颇有悬殊。我喜欢养猫,经我多年的观察,猫们的智商也不平衡,而且连脾气都不一样,颇使我感到新奇。

猪们和猫们有没有天才,我说不出。专就人类而论,什么叫作"天才"呢?我曾在一本书里或一篇文章里读到过一个故事。某某数学家,在玄秘深奥的数字和数学符号的大海里游泳,如鱼得水,圆融无碍。别人看不到的问题,他能看到;别人解答不了的方程式之类的东西,他能解答。于是,众人称之为"天才"。但是,一遇到现实生活中的问题,他的智商还比不了一个小学生。比如猪肉三角三分一斤,五斤猪肉共值多少钱呢?他瞠目结舌,无言以对。

因此,我得出一个结论:"天才"即偏才。

在中国文学史或艺术史上,常常有几"绝"的说法。最多的是"三绝",指的是诗、书、画三绝。所谓"绝",就是超越常人,用一个现成的词儿,就是"天才"。可是,如果仔细分析起来,这个人在几绝中只有一项,或者是两项是真正的"绝",为常人所不能及,其他几绝都是为了凑数凑上去的。因此,所谓"三绝"或几绝的"天才",其实也是偏才。

可惜古今中外参透这一点的人极少极少，更多的是自命"天才"的人。这样的人老中青都有。他们仿佛是从菩提树下金刚台上走下来的如来佛，开口便昭告天下："天上天下，唯我独尊。"这种人最多是在某一方面稍有成就，便自命不凡起来，看不起所有的人，一副"天才气"，催人欲呕。这种人在任何团体中都不能团结同仁，有的竟成为害群之马。从前在某个大学中有一位年轻的历史教授，自命"天才"，瞧不起别人，说这个人是"狗蛋"，那个人是"狗蛋"。结果是投桃报李，群众联合起来，把"狗蛋"的尊号恭呈给这个人，他自己成了"狗蛋"。

这样的人在当今社会上并不少见，他们成为社会上不安定的因素。

蒙田在一篇名叫《论自命不凡》的随笔中写道：

> 对荣誉的另一种追求，是我们对自己的长处评价过高。这是我们对自己怀有的本能的爱，这种爱使我们把自己看得和我们的实际情况完全不同。

我决不反对一个人对自己本能的爱，应该把这种爱引向正确的方向。如果把它引向自命不凡，引向自命"天才"，引向傲慢，则会损己而不利人。

我害怕的就是这样的"天才"。

1999 年 7 月 25 日

对号入座

对号入座是一句常说的话,一看就明白。

什么会场,什么剧场,里面的座位都分排标号。你一券在手,入门查号;查准了,安然坐下,天下大定。

我现在想讲的却不是这样的"对号入座",而是它的引申意义。人们嘴里常说的"对号入座",几乎全部是引申意义。

我把这句话的引申意义分为两类:一是积极的,二是消极的。积极的起积极作用,消极的起消极作用,下文自明。

在文坛或学坛上,有人写文章表扬或批评某一种现象,并没有指名道姓;但是,你不妨对号入座一下:找一找和自己的情况近似的地方,以之为借鉴,照一下自己,有则改之,无则加勉,这是大有好处的。

这就是我所说的积极的引申意义。

与此相反的是消极的引申意义。这种例子,在中国几千年的历史上,不胜枚举。远的不必说了,只说清代。清代的几个皇帝,特别是那一位主持纂修《四库全书》的乾隆,因为自己是"胡",是"虏",特别怕见这样的字眼儿。于是就学习阿Q(应该说是阿Q学习乾隆),尽量把这样的字眼儿从书中除掉,给后人留下了万劫难复的笑柄。

但是,谁又能想到,到了空前残暴、野蛮的所谓"文化大革命",竟以一出《海瑞罢官》开端。这是消极的"对号入座"的例子。

"十年浩劫"中深文周纳,罗织罪名,也多使用这种方法,流毒之剧,亘古未有。

我可万没有想到,这种消极的"对号入座"到了今天,仍时有表现。听说,有的教科书不敢选入岳飞的《满江红》,因为里面有"胡""虏"等字样,这些字样刺痛了我们一些同胞的神经。他们主张,中国历史上的对外战争都是内战,当年汉族的敌对者今天都已成了我们的同胞。这话有一部分道理,但是经不起推敲。民族融合,举世皆然。中国从先秦经过汉、唐、宋、元、明、清等朝代的北方侵入者,当年确系敌国。我们不能把古代史现代化。今天他们已融入中华民族的大家庭中,但并不是所有的人都已融入。根据他们的说法,中国历史上只有内战牺牲者,而没有爱国者,著名的岳飞、文天祥都不是爱国者,西湖的岳庙以及普天下的文丞相祠似乎都无存在的必要了。这种想法,这种"对号入座",是有害的,不利于我们56个民族组成中华民族的大团结。劝君切莫这样"对号入座"!

1999 年 7 月 29 日

沧桑阅尽话爱国

我1946年回到北大任教,至今有53年是在北大度过的。在北大53年间,我走过的并不是一条阳光大道。有光风霁月,也有阴霾漫天;有"山重水复疑无路",也有"柳暗花明又一村"。一个人只有一次生命,我不相信什么轮回转生。在我这仅有的可贵的一生中,从"春风得意马蹄疾"的少不更事的青年,一直到"高堂明镜悲白发"的耄耋之年,我从未离开过北大。追忆我的一生,"虽九死其犹未悔",怡悦之感,油然而生。

前几年,北大曾召开过几次座谈会,探讨的问题是:北大的传统到底是什么?参加者很踊跃,发言也颇热烈。大家的意见不尽一致。我个人始终认为,北大的优良传统是根深蒂固的爱国主义。

倘若仔细分析起来,世上有两类截然不同的爱国主义。被压迫、被迫害、被屠杀的国家和人民的爱国主义是正义的爱国主义,而压迫人、迫害人、屠杀人的国家和人民的"爱国主义"则是邪恶的"爱国主义",其实质是"害国主义"。远的例子就不用举了,只举现代的德国的法西斯和日本的军国主义侵略者,就足够了。当年他们把"爱国主义"喊得震天价响,这不是"害国主义"又是什么呢?

而中国从历史一直到现在的爱国主义则无疑是正义的爱国主义。我们虽是泱泱大国,实际上从先秦时代起,中国的"边患"就连绵未断。一直到今天,我们也不能说,我们毫无"边患"了,可以高枕无忧了。

　　历史事实是,绝大多数时间,我们是处在被侵略的状态中。在这样的情况下,我们中国在历史上涌现的伟大的爱国者之多,为世界上任何国家所不及。汉代的苏武,宋代的岳飞和文天祥,明代的戚继光,清代的林则徐等等,至今仍为全国人民所崇拜,至于戴有"爱国诗人"桂冠的则不计其数。唯物主义者主张存在决定意识,我们祖国几千年的历史这个存在决定了我们的爱国主义。

　　在古代,几乎在所有国家中,传承文化的责任都落在知识分子的肩上。在欧洲中世纪,传承者多半是身着黑色长袍的神父,传承的地方是在教堂中。在印度古代,文化传承者是婆罗门,他们高居四姓之首。东方一些佛教国家,古代文化的传承者是穿披黄色袈裟的佛教僧侣,传承地点是在僧庙里。中国古代文化的传承者是"士"。传承的地方是太学、国子监和官办以及私人创办的书院。在世界各国文化传承者中,中国的士有其鲜明的特点。早在先秦,《论语》中就说过:"士不可以不弘毅,任重而道远。"士们俨然以天下为己任,天下安危系于一身。在几千年的历史上,中国知识分子的这个传统一直没变,后来发展成为"天下兴亡,匹夫有责"。后来又继续发展,一直到了现在,始终未变。

　　不管历代注疏家怎样解释"弘毅",怎样解释"任重道远",我个人认为,中国知识分子所传承的文化中,其精髓有两个鲜明的特点:一个是爱国主义,一个就是讲骨气、讲气节。换句话说,也就是在帝王将相的非正义的面前不低头;另一方面,在外敌的斧钺面前不低头,"威武不能屈"。苏武和文天祥等等一大批优秀人物就是例证。这样一来,这两个特点实又有非常密切的联系了,其关键还是爱国主义。

　　中国的知识分子有源远流长的爱国主义传统,是世界上哪一个国家也不能望其项背的。尽管眼下似乎有一点背离这个传统的倾向,例证就是苦心孤诣千方百计地想出国,有的甚至归化为"老外"不归。我自己对这个问题的看法是:这只能是暂时的现象,久则必变。就连留在外国的人,甚至归化了的人,他们依然是"身在曹营心在汉",依然要寻根,依然爱自己的祖国。何况出去又回来的人渐渐多了起来呢？我们对这种人千万不要"另眼相看",也不要"刮目相看"。只要我们国家的事情办好了,情况会大大地改变的。至于没有出国也不想出国的知识分子占绝对的多数。如果说他们对眼前的一切都很满意,那不是真话。但是爱国主义在他们心灵深处已经生了根,什么力量也拔不掉的。甚至泰山崩于前,迅雷震于顶,他们会依然热爱我们这伟大的祖国。这一点我完全可以保证。对广大的中国老、中、青知识分子来说,我想借用一句曾一度流行的,我似非懂又似懂的话:爱国没商量。

我生平优点不多,但自谓爱国不敢后人。即使把我烧成了灰,我的每一粒灰也还会是爱国的,这是我的肺腑之言。

1999 年

新世纪,新千年

今年正值建国五十周年,又是本世纪的最后一年。这真可以说是一个关键时刻。在这样一个关键时刻,回顾一下过去的年代,进行一些必要的反思,是非常有意义的。

我自己已至望九之年,五十年占了我生命的一大半。这一大半同前一小半比较起来,显然更为重要,更为值得反思,因为它是我为祖国教育事业竭尽绵薄的一半,是我从中年步入老年的一半,虽然一直到现在我自己还并没有多少衰老的感觉。

怎样来回顾这五十年呢?编者提出可写"一人一事",我揣测他是怕大而无当,空而无实。但是,"事"有大小之别,我取其大者,我一生唯一的一个职业,就是教书,过去五十年也是如此。我的一事就是教书。我这样做,还有一个好处:涵盖面大。中国是世界上人口最多的国家,从事教书这个职业的知识分子无虑数千百万,我在其中宛如大海中的一滴水;但是,一滴水中可见大海,这已属于常识之列。我认为,从我这一滴水中可以看出整个大中小学教员的真实情况。当然,每个人的情况都有特性,不能一概而论。但是,自其大者言之,共性会大于特性。因此我在下面讲我自己的情况与感受,就颇具一些代表性了。

我想勉强借用一下黑格尔对事物发展的正、反、合三阶段的说法,来概括过去的五十年。前八年为正,中间二十一年为反,最后二十一年为合。这当然只能是极为粗略的概括,历史的发展决不是这样泾渭分明的,你中有我,我中有你,是绝对不可能避免的。

在第一阶段中,也就是建国初期,全体教员,甚至全体知识分子,再甚至全国人民,无不喜气洋洋,兴高采烈。三座大山毕竟推倒了,中国人民毕竟站起来了,我们毕竟看到我们前途的光辉了。我们前进的路上仿佛铺满了玫瑰花,玫瑰花香仿佛弥漫整个宇宙。虽然已经有了一些小的磕磕碰碰;但是涉及面不大,只能算是小事一桩,无伤大雅。

但是,到了1957年,风云突变,一场涉及整个知识界的反右斗争在人们措手不及的情况下开始了。不管是"阴谋",还是"阳谋",还有什么"引蛇出洞",反正许多正直的肯说真话的包括教员在内的知识分子,怀着一腔爱国爱党的虔诚,提了一些现在看起来不过是些鸡毛蒜皮的意见,他们就被"阳谋"射中,成了出洞的蛇,被戴上了最初还掂不出轻重的帽子。个别优秀的天真的党员,为了完成本支部被分配的右派指标,自动站出来要完成党的任务而戴上这一顶帽子。他们哪里会想到后果呢?有的比较快地得到了平反,有的则家破人亡,妻离子散,抱恨终生。这一点,任何受过难的教员和其他知识分子都不会忘记的。

然而,这仅仅只是开始。从那以后,一个运动接着一个运动,马不停蹄,而运动的对象都是包括教员在内的知识分子。今天你斗我,明天我斗你,弄得人人胆战,个个心惊。哪里还有什么团结?哪里还有什么合作?最令我们新老教书匠不能容忍的是挑动学生斗教师,美其名曰评教评学。实际上,评学是虚,评教才是实。师生定期开会,学生对老师评头论足,有的态度也并不诚恳,说话没有分寸。老师的学问有高有低,教学方法有巧有拙,无论如何总是查书备课,辛辛苦苦,到头来被学生数落一顿,你想,当教师的心里是什么滋味?唐代韩愈说过:"师不必贤于弟子,弟子不必不如师。"这是非常通达的话。可是老师毕竟是多活了几岁,多读过几本书,教学生或多或少总是有点资本的。否则老师这个职位就根本没有必要存在了。还有更荒唐的,就是让一年级的学生编三年级的教材,名之曰放卫星,这究竟是一颗什么样的卫星?脑筋不太糊涂的人一想就能明白了。

又一个"然而",这也仅仅只是开始,到了1966年爆发了所谓"无产阶级文化大革命"。众所周知,这是一场极端野蛮,极端残酷,极端荒谬,极端愚昧,极端灭绝人性,极端违反天良的空前绝后(这仅仅是我的希望)的人类悲剧。别的界我不谈,我只谈学界。前一阶段开始的学生斗老师的现象后来达到无法无天登峰造极的地步。前一阶段,不管怎样说,还只是"文斗",后来则发展为"武斗"。有的中学教师活活被自己的学生打死,这种前所未闻的禽兽行为给伟大的中华民族脸上抹了黑。结果是全国大乱,不是乱了敌人,而是乱了自己。经济走近破产,文化教育走近灭亡。

以上可以算是反的阶段。

1978年十一届三中全会的召开,开辟了一个新纪元。天日重明,拨乱反正。这给政治经济带来了生机,给人民带来了希望,给知识分子带来了思想解放,打掉了戴在他们头上几十年的紧箍,使他们心情愉快,能有机会发挥他们真诚的爱国主义情操。中华民族获救了,普天同庆。

以上可以算是合的阶段。正是这个合的阶段把我们带进一个新的世纪,一个新的千年。

1999年

论 朋 友

人类是社会动物,一个人在社会中不可能没有朋友。任何人的一生都是一场搏斗。在这一场搏斗中,如果没有朋友,则形单影只,鲜有不失败者。如果有了朋友,则众志成城,鲜有不胜利者。

因此,在人类几千年的历史上,任何国家,任何社会,没有不重视交友之道的,而中国尤甚。在宗法伦理色彩极强的中国社会中,朋友被尊为五伦之一,曰"朋友有信"。我又记得什么书中说:"朋友,以义合者也。""信"、"义"含义大概有相通之处。后世多以"义"字来要求朋友关系,比如《三国演义》"桃园三结义"之类就是。

《说文》对"朋"字的解释是:"凤飞,群鸟从以万数,故以为朋党字。""凤"和"朋"大概只有轻唇音重唇音之别。对"友"的解释是"同志为友"。意思非常清楚。中国古代,肯定也有"朋友"二字连用的,比如《孟子》。《论语》"有朋自远方来,不亦乐乎"却只用一个"朋"字。不知从什么时候起,"朋友"才经常连用起来。

在中国几千年的历史上,重视友谊的故事不可胜数。最著名的是管鲍之交,钟子期和伯牙的知音的故事等等,刘、关、张三结义更是有口皆碑。一直到今天,我们还讲究"哥儿们义气",发展到最高程度,就是"为朋友两肋插刀"。只要不是结党营私,我们是非常重视交朋友的。我们认为,中国古代把朋友归入五伦是有道理的。

我们现在看一看欧洲人对友谊的看法。欧洲典籍数量虽然远远比不上中国,但是,称之为汗牛充栋也是当之无愧的。我没有能力来旁征博引,只能根据我比较熟悉的一部书来引证一些材料,这就是法国著名的《蒙田随笔》。

《蒙田随笔》上卷,第二十八章,是一篇叫做《论友谊》的随笔。其中有几句话:

> 我们喜欢交友胜过其他一切,这可能是我们本性所使然。亚里士多德说,好的立法者对友谊比对公正更关心。

寥寥几句,充分说明西方对友谊之重视。蒙田接着说:

> 自古就有四种友谊:血缘的、社交的、待客的和男女情爱的。

这使我立即想到,中西对友谊含义的理解是不相同的。根据中国的标准,"血缘的"不属于友谊,而属于亲情。"男女情爱的"也不属于友谊,而属于爱情。对此,蒙田有长篇累牍的解释,我无法一一征引。我只举他对爱情的几句话:

> 爱情一旦进入友谊阶段,也就是说,进入意愿相投的阶段,它就会衰落和消逝。爱情是以身体的快感为目的,一旦享有了,就不复存在。相反,友谊越被人向往,就越被人享有,友谊只是在获得以后才会升华、增长和发展,因为它是精神上的,心灵会随之净化。

这一段话,很值得我们仔细推敲、品味。

1999年10月26日

千禧感言

稚珊来信,要我写一篇关于世纪转换的文章。这样的要求,最近一个时期以来,我已经接到过不知多少次了,电台、报纸、杂志等等,都曾对我提出过这样的要求。但是,我都一一谢绝了。原因不是由于这样的文章难写,恰恰相反,这样的太容易写,只需写上几句大话和套话,再加上几句假话,不费吹灰之力,一篇文章就完成了。这样的文章,除了浪费纸张和人们的时间以外,一点效果也不会有。

但是,稚珊的要求我没加考虑就立即应允了。原因是,《群言》是一份比较敢讲一点真话的杂志,而我又与《群言》有多年的友谊。为《群言》写点什么,是我的光荣,也是我的义务。我也想通过我写的东西多少能够反映出像我这样平民老百姓的心声,对我们的领导机关会有益处的。我写的东西,不会有套话、大话,至于真话是否全都讲了出来,那倒不敢说。我只能保证,我讲的全是真话。

旧日每逢新年,总有贴新门联的习惯,门联辞藻美而丰富,最常用的是"一元复始,万象更新"。对仗工整,含义深刻。但是,汉语是一种模糊性很强的语言,我们使用这种语言的人,往往习以为常,不去推敲。即如上面这两句话,说的是具体情况呢,还仅仅是希望?我个人的语感是,这仅仅是希望。一元虽已复始,眼前万象还未必就能更新。我现在要说:世纪——甚至千纪——复始,万象更新,也绝不是说,2000年的第一天同1999年的最后一天,其间会有天大的变化。就以常识而论,那也是绝不可能的,这不过是表示我的愿望而已。21世纪的特点是一定出现的,不过决不会一蹴而就。

我对21世纪究竟有什么希望呢?

先从大的讲起。首先,我希望世界和平,民族团结。但是,我自己立即否定了这个希望,这是根本办不到的。眼前的世界大国,特别是那一个唯一的超级大国,一点也没有接受20世纪两次世界大战的惨痛教训,仍然自我感觉十分良好,颐指气使,横行霸道,以世界警察自居。我希望,我们中国人民不要为巧言花语所迷惑,奋发图强,加强团结,随时保留一点忧患意识,准备对付一切可能发生的外来的侵略,保卫我们的祖国。

其次是对我们国家的希望。改革开放确实给我们国家带来了翻天覆地的变化,经济繁荣,政局安定,人民生活有了提高。总起来看,确有一个安定团结的局面。但这仅仅是一面,也不是没有令人担忧的一面。我不懂经济;但是我从《参考消息》上看到一则外国评论中国经济的报道,其中讲到中国国有经济在某一些方面给中国带来了一些麻烦,详情我不清楚,不敢妄加评论。但是,《参考消息》敢于刊登,其中必有依据,我们的最高领导班子对这个问题是十分清楚的,也正在采取措施。我希望这个问题能够尽早地尽善尽美地得到解决。

从人类生存的前途来看,多少年来,我就提出了一个看法:西方自产业革命以后,恶性膨胀逐渐形成的对大自然诛求无餍的要求,也就是所谓"征服自然"的做法,现在已经产生了严重的后果。现在全世界各国政府都对环保问题异常重视。但是,却没有什么人追究造成这种现象的根源。我认为,这是一种缺少远见卓识的表现。我一向主张,中国的,同时也是东方的"天人合一"的思想,也就是人类要与大自然为友,不要为敌的思想,能济西方思想之穷。我这种想法,反对的人有,赞成的人也有。我则深信不疑。我希望,21世纪走到某一个阶段时,人类文化会在融合的基础上突出东方文化的作用,明辨而又笃行之。

还有一件让我忧心忡忡的事,这就是中国公民中某一些人素质不高、道德滑坡的现象。谁也无法否认,中华民族是一个伟大的民族。但是,在伟大的后面也确有不够伟大的地方,对此熟视无睹是有害无益的。例子用不着多举,我只举一个随地吐痰的坏习惯。这样做是一切文明国家所没有的,然而在中国却是司空见惯,屡禁不止。前不久,中国庆祝建国五十年的喜事,北京市政府和各界人士,费了九牛二虎之力,把北京打扮得花团锦簇,净无纤尘,谁看了谁爱。然而,曾几何时,国庆后不到一个月,许多地方又故态复萌,花坛和草地遭到破坏践踏,烟头随处乱丢,随地吐痰也不稀见。还有一些破坏公共设施的现象,连风光旖旎的燕园内也不例外。这种破坏对肇事者本人一点好处也没有,对群众则带来了莫大的不方便。我真不了解,这些人是何居心。这样的人,如果只有几个,则世界任何文明国家都难以避免。可惜竟不是这样子,看来人数并不太少。这一批害群之马,实在配不上是伟大民族的一部分。救之方法何在?我觉得,过去主要靠说教,事实证明,用处不大。我认为,必须加以严惩。捉到你一次,罚得你长久不能翻身。只有这样才能奏效,新加坡就是一个例子。在此万象更新之际,我希望在21世纪某一个时候,这种现象能够绝迹,至少是能够减少。伟大的中华民族真正能显出伟大的本色,岂不猗欤休哉!

我在20世纪,有"世纪老人"之称。到了21世纪,绝不可能再成为"世纪老人"了。但是,我对21世纪却不知道有多少希望,凡是20世纪没有能够做到的事情,我都寄希望于21世纪。希望太多,只能举出上面说到的几个,以概其余。在世纪之初,本来是应该多说一些吉利话的。但是,我在上面已经声明过,我不说大话,不说假话。我认为,那样做,既对不起《群言》,也对不起全国人民。其实我说的话,不管听起来多么不顺耳,里面却有大吉大利的内涵。如果把那些弊端除掉,不就是大吉大利了吗?我真希望,大吉大利能降临我国;我真希望,国泰民安;我真希望,人民的素质越来越提高;我真希望,人民越过越幸福;我真希望,我国能成为一个名副其实的经济文化大国,巍然立于全世界民族之林中。

1999 年 11 月 1 日

梦游 21 世纪

21 世纪就在眼前,不久我们就能够亲身莅临,何劳梦游,但是,我们眼前还毕竟是处在 20 世纪中,要谈 21 世纪,只能梦游了。

21 世纪究竟是个什么样子呢?我不相信 20 世纪的最后一天和 21 世纪的最初一天会有什么区别。早晨,太阳照样从东方出来;晚上,太阳照样在西方落下,一切几乎都一模一样。

但是,我认为,既然是 21 世纪,必然有其特点,不过,这个特点决不会一下子就显露出来的,这是一个缓慢的逐渐显露的过程。在这个世纪的初叶,只能渐露端倪,到了 2050 年左右,它已如日中天,整个特点都会毫无保留地显露出来了。

对于那一些特点,我现在只能做梦。

我梦到,近几百年以来,西方的科学技术给人民,全世界人民带来了空前的幸福;但是,其基础是"征服自然",与自然为敌,因而受到了大自然的惩罚,产生了许多弊端,比如大气污染、环境污染、生态平衡、物种灭绝,如此等等,不一而足。切盼到了 21 世纪能有所改变,能改恶向善。要想做到这一点,必须以东方"天人合一"的思想,济西方思想之穷,也就是说,人类必须同大自然为友,双方互相了解,增强友谊,然后再伸手向大自然要衣,要食,要住,要行。只有这样,人类才能避免现在面临的这一些灾难。

我梦到,我们的国家继续安定团结,繁荣昌盛下去。政府中减少了官气,社会上杜绝了假冒伪劣。人民的伦理道德水平提高,人文素质教育加强。五十六个民族团结得像一个人。南方不再洪水泛滥,北方没有森林火灾。天比现在蓝,水比现在清,一片祥和气象。

我梦到,在每一个家庭里,父慈子孝,兄友弟恭,夫妻相敬相爱,相忍相让。像眼前这样的一些青年对恋爱和婚姻的轻率态度,再也看不到了。对待爱情坚贞真实,谁也不做露水夫妻,把离婚当作家常便饭。原本温馨的家庭更温馨了,原本不温馨的家庭变得逐渐温馨起来。在任何时代,人生都是一场搏斗,搏斗就难免惊涛骇浪。在这样的浪涛中,有胜利者,当然也有失败者。在整个社会中,家庭对这样的浪涛来说,就是一个安全的避风港。胜利者回到这个避风港中,在温馨的气氛中,细细品味这胜利的甜蜜;失败者回到这个避风港中,追忆和分析失败的教训,家庭的温馨会增强他的斗志。回忆之余,奋然而起,他又有了足够的勇气和力量,再回到社会中,继续拼搏,勇往直前,必须胜利在握而后止。家庭的作用大矣哉!

我梦到,个人也有了新的变化和起色。对世界来说,他是一个世界公民。对国家来说,他是一个国家公民。对社会来说,他是其中的一分子。他应当在道德方面不断修养和锻炼,能做到苟日新,又日新,日日新,成为一个有用的人,成为一个正直的人。对世界,对国家和社会,对家庭都能尽上应尽的责任。他决不应当像杨花柳絮一样,虽然一时能飞满春城,但是随风飘荡,毫无自主能力,到头来,虽然给骚人墨客增添一些灵感,写出了美妙绝伦的诗词,自己最终却落到泥土地上,化为尘埃,消逝得无影无踪。

我想做和能做的梦还有很多很多,今天就先做这一些,至于能否成为现实,那就不能由我来决定,这要由每一个人自己决定,一方面要奋发图强,另一方面还必须靠点机遇,两者缺一不可。不管怎么样,我的梦是异常美妙的。我切盼,到了21世纪某一个时刻,我的梦能够完全实现,喜气盈大地,春色满寰中,全世界人民共庆升平。

1999 年 10 月 23 日

豪情半怀迎新纪

再过十八天,一个新的世纪和千纪就要降临到人间了。

世纪和千纪这玩意儿本来是人为地创造出来的。没有耶稣,何来世纪与千纪?但它一旦被创造出来,就对人类的心理产生了作用。至少是在最近的几个世纪的世纪末,人类社会,特别是在意识形态方面,就发生变异。这有历史为证,决不是信口雌黄。

现在又是世纪末了,中国以及世界各国的有识之士纷纷对即将来临的新世纪作出种种五花八门的预测和期望。我自己不敢以有识之士自居,但我是有脑筋,能思考的,我对21世纪也有我的期望。

最近若干年以来,我对世界文化的区分形成了一种看法。我认为,文化确实有东西之分的。西方文化以分析的思维模式为基础,对物质一分再分,认为可以无穷尽地分析下去;对大自然则抱着"征服自然"的态度,诛求无餍。结果产生的弊端是人所共见的,比如环境污染、大气污染、生态平衡破坏、生物灭种、人口爆炸、新疾病产生、淡水资源匮乏,等等,等等,无一不威胁着人类生存的前途。

东方文化以综合思想模式为基础,主张"天人合一",也就是张载所说的:"民,吾同胞;物,吾与也。"人类要与大自然做朋友,不能征服自然。这种思想中国和东方其他一些国家是固有的。但是,近代以来,受了西方产业革命的影响,也有与大自然为敌的现象。在西方思想垄断世界思想的情况下,这是不可避免的。

我补充几句,西方也有综合的一方面,东方也有分析的一方面,不过不是主流而已。天下没有绝对纯之又纯的东西。

我对新世纪、新千年的期望,就是根据上面的想法而产生的。我期望,在新的世纪中,东西文化都将继续发展下去,而且会互相融合。但是,融合是有主次的,必须以东方文化济西方文化之穷,以东方"天人合一"的思想为中轴线而运转。

我这个看法,有人赞成,有人反对。赞成当然能使我高兴,反对也不能使我不高兴。因为21世纪毕竟还没有来到,一切对它的想法都只是像那个民间笑话"近视眼猜匾"一样的主观臆见。我对于这个问题不同任何人争论,在匾还没有挂出来之前,争论都是放空炮,"可怜无补费精神"。

就算是猜匾吧,我对21世纪这一块匾猜出了什么字没有呢?我猜出的字上面说了一点。最近读到浙江文艺出版社出版的《李政道文录》和金吾伦先生的《李政道、季羡林和物质是否无限可分》(《书与人》1999年第5期),颇得到一些极为宝贵的启发。我发现,李政道的一些看法与鄙见颇有相同和相似之处,实在是于我"心有戚戚焉"。我现在抄几段李政道先生的原文:

> 以为知道了基本粒子,就知道了真空,这种观念是不对的。……我觉得,基因组也是这样,一个个地认识了基因,并不意味着解开了生命之谜。生命是宏观的,20世纪的文明是微观的。我认为,到了21世纪,微观和宏观结合成一体。
> (上引书,页89)

李政道在几个地方都提到微观与宏观相结合。我认为,他的"微观"和我说的分析的思维模式相当,至少是相似。他的"宏观"与我说的综合的思维模式相当。现在再引一段话:

> 现在我们猜不到21世纪的文化是什么,就如同在19世

>　　纪我们猜不到 20 世纪的文化将是怎样一样。同样,若我们真能激发真空的话,很可能我们对宇宙的了解要远远超过 20 世纪。将来的历史会写上:是在我们这个时代,把微观的世界与宏观的世界用科学的方法连接起来。(引书同上,页 182)

文多不具引。最好请读者看一看这一本非常有意义的新书,会从中得到很多教益的。我现在再强调一下,微观与宏观相结合,重点应该放在过去被忽视了的宏观上。

　　题目本应是"豪情满怀迎新纪",但我对 21 世纪还有一些问号,所以改为"半怀"。

1999 年 12 月 19 日

迎新怀旧

——21世纪第一个元旦感怀

我可真正是万万也没有想到,我能够活到八十九岁,迎接一个新世纪和新千年的来临。

我经常说到,我是幼无大志的人。其实我老也无大志,那种"大丈夫当如是也"的豪言壮语,我觉得,只有不世出的英雄才能说出。但是,历史的记载是否可靠,我也怀疑。刘邦和朱元璋等地痞流氓,一无所有,从而一无所惧,运气好成了皇上。一批帮闲的书生极尽拍马之能事,连这一批流氓的并不漂亮的长相也成了神奇的东西,在这些书生笔下猛吹不已。他们年轻时未必有这样的豪言壮语,书生也臆造出来,以达到吹拍的目的。

这话扯远了,还是谈我自己吧。我的"无大志"表现在各个方面,在年龄方面也有表现。我的父母都只活了四十岁多一点。我自己想,我决超过父母的,能活到五十岁,我就应该满足了。记得大概是在50年代,我四十多岁的时候,忽发奇想,想到我能否看到一个新世纪。我计算了一下,我必须活到八十九岁,才能做到。八十九岁,对当时的我来说,简直是一个天文数字,古今中外的文人,有几个能活到这个岁数的?这简直像是蓬莱三山,烟波渺茫,可望而不可即。

然而曾几何时,知命之年,倏尔而逝;耳顺之年,也没有留下什么痕迹,连古稀之年也没能让我有古稀的感觉。物换星移,岁月流逝,我却懵懵然,木木然,没有一点感觉。"高堂明镜悲白发",我很少揽镜自照,头发变白自己是感觉不到的。只有在校园中偶尔遇到一位熟人,几年不见,发已半白,心里蓦地震颤了一下。被人称呼,从"老季"变成了"季老",最初觉得有点刺耳。此外则一切平平常常,平平常常,弹指一瞬间,自己竟然活到了八十九岁,迎接了新世纪和新千年,当年认为无法想象的,绝对办不到的,当年的蓬莱三山,"今朝都到眼前来"了。岂不大可喜哉!然而又岂不大可惊哉!

记得有两句诗:"凡所难求皆绝好,及能如愿便平常。"我现在深深地认识到在朴素语言中蕴含的真理。我现在确实如愿了。但是心情平常到连平常的感觉都没有了。现在是2000年1月1日,同1999年的12月31日,除了多了一天以外,决没有任何不同的地方。早晨太阳从东方升起,到了晚上,仍然会在西方落下。环顾我的房间,依然是插架盈室,书籍盈架。窗台上的那几盆花草依然绿叶葳蕤,春意盎然。窗外是严冬。荷塘里只剩下了残荷的枯枝,在寒风中抖动。冰下水中鱼儿们是在游泳?还是在睡眠?我不得而知。埋在淤泥中莲藕是在蔓延?还是在冬眠?我也不得而知。荷花如果能做梦的话,我想,它们会梦到春天,坚冰融化,春水溶溶,它们又能长出尖尖的角,笑傲春风了。

荷花是不会知道什么20世纪21世纪的。大千世界的一切动植物都不知道。它们仅仅知道日和夜以及季节的变换这些自然界的现象。只有天之骄子的人类才有本领耍出一些新花样,自己耍出来以后,自己又顶礼膜拜,深信不疑,神仙皇帝就属于这一类。世纪和千年也属于这一类。就拿昨天才结束的20世纪的世纪末来说,明明是自己制造出来的东西,却似乎有了无限的神力。多少年来,世界各国不知有多少聪明睿智之士,大谈他们自己制造出来的世纪末问题,又是总结20世纪的经验教训,又是侈谈21世纪的这个那个,喧呶纷争,煞是热闹;人各自是其是而非他人之是。一时文坛、学坛,还有什么坛,议论蜂起,杀声震天。倘若在高天上某一个地方真有一位造物主的话,他下视人寰,看到一群小动物角斗,恐怕会莞尔而笑吧。

我自己不比任何人聪明,我也参加到这一系列的纷争里来。我谈的主要是文化问题,20世纪和21世纪东西文化的关系问题。我认为,20世纪是全部人类历史上发展最快的一个世纪。在这个世纪以前西方发生的产业革命大大地解放了生产力,二百多年内,给人类创造了巨大的财富和福利,全世界人民皆受其惠。但这只是事情的一个方面。另一个方面则是并不美好的,由于西方人以"征服自然"为鹄的,对大自然诛求无餍,结果遭到了大自然的报复和惩罚,产生了许多弊端和祸害。这些弊端和灾害彰彰在人耳目,用不着我再来细数。现在世界上几乎所有的政府和人民团体都在高呼"环保",又是宣传,又是开会,一时甚嚣尘上。奇怪的是,竟无一人提到环保问题产生的根源。为什么欧洲的中世纪和中国的汉唐时代,从来没有什么环保问题呢?这情况难道还不值得人们深思吗?

我自己把环保问题同20世纪和21世纪挂上了钩,同东西文化挂上了钩。同时我又常常举一个民间流传的近视眼猜匾的笑话,说21世纪这一块匾还没有挂了出来,我们现在乱猜匾上的大字,无疑都是近视眼。能吹嘘看到了匾上的字的人,是狡猾者,是事前向主事人打听好了的。但是这种狡猾行动,对匾是可以的,对21世纪则是行不通的。难道谁有能耐到上帝那里去打听吗?我主张在21世纪东方天人合一的思想——这是东方文化的精华——能帮助人们解决环保问题。我似乎已经看到了还没有挂出来的匾上的字。不是我从上帝那里打听来的,是我根据自己的观察和思考得出来的,我是我自己的上帝。

昨天夜里,猛然醒来,开灯一看,时针正指十二点,不差一分钟。我心里一愣:我现在已是21世纪的人了。未多介意,关灯又睡。早晨七点,乘车到中华世纪坛去,同另外九个科学界闻人,代表学术界十个分支,另外配上了十个儿童,共同撞新铸成的世纪钟王二十一响,象征科学繁荣。钟声深沉洪亮,在北京上空回荡。这时,我的心蓦地一阵颤动,"二十一世纪"五个大字沉重地压在我的心头,真正感觉"往事越千年",我自己昨天还是20世纪的"世纪老人",而今一转瞬间,我已成为21世纪的"新人"了。

在这关键的时刻,我过去很多年热心议论的一些问题,什么东西方文化,什么环保,什么天人合一,什么分析的思维模式和综合的思维模式等等,都从我心中隐去。过去侈谈21世纪,等到21世纪真正来到了眼前,心中却是一个大空虚。中国古书上那个叶公好龙的故事是很有启发意义的。

然而,我心中也并不是完全的真正的空虚,我想到了我自己。我现在确确实实是八十九岁了。这是古今中外都艳羡的一个年龄。我竟于无意中得之,不亦快哉!连我这个少无大志老也无大志的人都不得不感到踌躇满志了。但是,我脑海里立即出现了一个问题:活大年纪究竟是好事呢?还是坏事?这问题还真不易答复。爱活着是人之常情,连中国老百姓都说:"好死不如赖活着。"我焉能例外!但是,活得太久了,人事纷纭,应对劳神。人世间的一些魑魅魍魉的现象,看多了也让人心烦。德国大诗人歌德晚年渴望休息(ruhen)的名诗,正表现了这种心情。我有时候也真想休息了。中国古代诗文中有不少鼓励老年人的话,比如"老骥伏枥,志在千里。烈士暮年,壮心不已",又如"天意怜幽草,人间重晚晴",又如"余霞尚满天",等等。读起来也颇让老人振奋。但是,仔细于字里行间推敲一下,便不难发现,这些诗句实际上是为老人打气的,给老人以安慰的,信以为真,便会上当。

那么,老年人就全该死了吗?也不是的。人老了,识多见广,正反两面的经验教训都非常丰富,这些东西对我们国家还是有用处的,只要不倚老卖老,不倚老吃老,人类社会还是需要老人的。佛经里面有一个《弃老国缘》的故事,说的就是这一番道理。在现在的中国,在 21 世纪的中国,活着无疑还是一种乐事。我常常说:人们吃饭为了活着,但活着不是为了吃饭。这是我的最根本的信条之一。我也身体力行。我现在仍然是黎明即起,兀兀穷年,不求有惊人之举,但求无愧于心,无愧于吃下去的饭。

在北京大学校内,老教授有一大批。比我这个八十九岁的老人更老的人,还有十几位。如果在往八宝山去的路上按年龄顺序排一个队的话,我决不在前几名。我曾说过,我决不会在这个队伍中抢先夹塞,我决心鱼贯而前,轮到我的时候,我说不定还会溜号躲开。从后面挤进比我年轻的队伍中。

多少年来,我成了陶渊明的信徒。他的那一首诗:

纵浪大化中,不喜亦不惧。

应尽便须尽,无复独多虑。

我感到,我现在大体上能够做到了,对生死之事,我确实没有多虑。关键在一个"应"字,这个"应"字由谁来掌管,由谁来决定呢?我不能知道,反正不由我自己来决定。既然不由我自己来决定,那么——由它去吧。

2000 年 1 月 1—3 日

成　功

　　什么叫成功？顺手拿来一本《现代汉语词典》，上面写道："成功：获得预期的结果。"言简意赅，明白之至。

　　但是，谈到"预期"，则错综复杂，纷纭混乱。人人每时每刻每日每月都有大小不同的预期，有的成功，有的失败，总之是无法界定，也无法分类，我们不去谈它。

　　我在这里只谈成功，特别是成功之道。这又是一个极大的题目，我却只是小做。积七八十年之经验，我得到了下面这个公式：

　　天资+勤奋+机遇=成功

　　"天资"，我本来想用"天才"；但天才是个稀见现象，其中不少是"偏才"，所以我弃而不用，改用"天资"，大家一看就明白。这个公式实在是过分简单化了，但其中的含义是清楚的。搞得太烦琐，反而不容易说清楚。

　　谈到天资，首先必须承认，人与人之间天资是不相同的，这是一个事实，谁也否定不掉。"十年浩劫"中，自命天才的人居然号召大批天才。葫芦里卖的是什么药，至今不解。到了今天，学术界和文艺界自命天才的人颇不稀见，我除了羡慕这些人"自我感觉过分良好"外，不敢赞一辞。对于自己的天资，我看，还是客观一点好，实事求是一点好。

　　至于勤奋，一向为古人所赞扬。囊萤、映雪、悬梁、刺股等故事流传了千百年，家喻户晓。韩文公的"焚膏油以继晷，恒兀兀以穷年",更为读书人所向往。如果不勤奋,则天资再高也毫无用处。事理至明,无待饶舌。

谈到机遇,往往为人所忽视。它其实是存在的,而且有时候影响极大。就以我自己为例,如果清华不派我到德国去留学,则我的一生完全不会像现在这个样子。

把成功的三个条件拿来分析一下,天资是由"天"来决定的,我们无能为力。机遇是不期而来的,我们也无能为力。只有勤奋一项完全是我们自己决定的,我们必须在这一项上狠下工夫。在这里,古人的教导也多得很。还是先举韩文公。他说:"业精于勤荒于嬉,行成于思毁于随。"这两句话是大家都熟悉的。

王静安在《人间词话》中说:"古今之成大事业大学问者必经过三种之境界。'昨夜西风凋碧树,独上高楼,望尽天涯路'。此第一境也。'衣带渐宽终不悔,为伊消得人憔悴'。此第二境也。'众里寻他千百度,蓦然回首,那人却在,灯火阑珊处'。此第三境也。"静安先生第一境写的是预期。第二境写的是勤奋。第三境写的是成功。其中没有写天资和机遇。我不敢说,这是他的疏漏,因为写的角度不同。但是,我认为,补上天资与机遇,似更为全面。我希望,大家都能拿出"衣带渐宽终不悔"的精神来从事做学问或干事业,这是成功的必由之路。

2000 年 1 月 7 日

论说假话

我曾在本栏发表过两篇论撒谎的千字文。现在我忽发奇想，想把撒谎或者说谎和说假话区别开来，我认为二者之间是有一点区别的，不管是多么微妙，毕竟还是有区别。我认为，撒谎有利于自己，多一半却有害于别人。说假话或者不说真话，则彼此两利。

空口无凭，事例为证。有很多人有了点知名度，于是社会活动也就多了起来。今天这里召开座谈会，明天那里举行首发式，后天又有某某人的纪念会，如此等等，不一而足。事实上是不可能全参加的，而且从内心深处也不想参加。在这样的情况下，如果都说实话的话："我不愿意参加，我讨厌参加！"那就必然惹得对方不愉快，甚至耿耿于怀，见了面不跟你打招呼。如果你换一种方式，换一个口气，说："很对不起，我已经另有约会了。"或者干脆称病不出，这样必能保住对方的面子。即使他知道你说的不是真话，也无大碍，所谓心照不宣者，即此是也。中国是最爱面子的国家，彼此保住面子，大大有利于安定团结，切莫把这种事看作无足轻重。保住面子不就是两利吗？

我认为，这只是说假话或者不说真话，而不是撒谎。

《三国演义》中记载了一个小故事。有一次，曹操率兵出征，行军路上缺了水，士兵都渴得难忍难耐。曹操眉头一皱，计上心头，坐在马上，用马鞭向前一指，说"前面有一片梅子林"。士兵马上口中生津，因为梅子是酸的。于是难关渡过，行军照常。曹操是不是撒了谎？当然是的。但是这个谎又有利于士兵，有利于整个军事行动。算不算是只是说了点假话呢？我不敢妄自评断。

有人说：我们在社会上，甚至在家庭中，都是戴着假面具生活的。这句话似乎有点过了头。但是我们确实常戴面具，又是一个无法否认的事实。现在各商店都大肆提倡微笑服务。试问：售货员的微笑都是真的吗？都没有戴面具吗？恐怕不是，大部分的微笑只能是面具，社会效益和经济效益取决于戴面具熟练的水平。有的售货员有戴面具的天才，有假微笑的特异功能，则能以假乱真，得到了顾客的欢心，寄来了表扬信，说不定还与工资或红包挂上钩。没有这种天才的人，勉强微笑，就必然像电影《瞧这一家子》中陈强的微笑，令顾客毛骨悚然。结果不但拿不到红包，还有被炒鱿鱼的危险。在这里我联想到"顾客是上帝"这个口号，这是完全不正确的，买卖双方，地位相等，哪里有什么上帝！这口号助长了一些尖酸刻薄挑剔成性的顾客的威风，并不利于社会上的安定团结。

总之，我认为，在日常社会交往中，说几句假话，露出点不是出自内心的假笑，还是必要的，甚至是不可避免的。

2000年1月30日

新世纪新千年寄语

人们往往有这样的经验:过去带来惆怅,现在带来迷惘,未来带来希望。

现在,一个新世纪、新千年就要来到我们眼前了。这正是人们让幻想驰骋对未来提出希望的最佳时刻。

在我国报刊、杂志上,在开会的发言中,人们确实已经提出了五花八门的希望。我想,全世界恐怕也是这个样子吧。许多政治家、文学家、艺术家、学者、商业界的大款等等都提出了自己的希望:希望政治如何如何,希望经济如何如何,希望文学如何如何,希望学术如何如何,希望人文素质如何如何,让人眼花缭乱,煞是热闹。然而独独没有人,至少是很少有人提出如何处理好人与大自然的关系问题,而我个人认为,这才是未来的关键。

恩格斯在《自然辩证法》中说:"我们不能过分陶醉于我们对自然界的胜利,对于每一次这样的胜利,自然界都报复了我们。"恩格斯真不愧是马克思主义奠基人之一。在一百多年以前,当时自然界对人类的报复还不太显著,或者只能说是初露端倪;可是伟大的恩格斯已经注意到了,而且给世人敲响了警钟。对这样天才的预见和警告,我们能不五体投地地赞佩吗?

眼前世界的形势已经充分证明了恩格斯预见之伟大与睿智。许多自然界的和人类社会的现象已经充分证明了自然界正在日益强烈地对我们人类进行着报复,稍有头脑的人都能看到,例子是不胜枚举的。

然而我们的反应怎样呢？除了少数有识之士外，大多数人，包括一些国家的领导人在内还在懵懵懂懂，驰骋于蜗角，搏斗于蚁冢。美国在演着总统选举的闹剧，中东在演着巴以冲突的悲剧，全球狼烟四起，板荡混乱，如果真有一个造物主的话——我不相信真有——他站在宇宙某一个地方，俯视地球村里的几台大戏正在演得红红火火，难道他不会像我们人类一样，看到地上的蚁群厮杀，积尸满地，流血——蚂蚁不知有血没有？——成沟，不禁莞尔而笑吗？

我虔诚希望，我们人类要同大自然成为朋友，不要再视它为敌人，成了朋友以后，再伸手向它要衣，要食，要一切我们需要的东西。

这就是我的新千年寄语。

2000 年 12 月 11 日

谈 礼 貌

眼下,即使不是百分之百的人,也是绝大多数的人,都抱怨现在社会上不讲礼貌。这完全有事实做根据的。前许多年,当时我腿脚尚称灵便,出门乘公共汽车的时候多,几乎每一次我都看到在车上吵架的人,甚至动武的人,起因都是微不足道的:你碰了我一下,我踩了你的脚,如此等等。试想,在拥拥挤挤的公共汽车上,谁能不碰谁呢?这样的事情也值得大动干戈吗?

曾经有一段时间,有关的机关号召大家学习几句话:"谢谢!""对不起!"等等,就是针对上述的情况而发的。其用心良苦,然而我心里却觉得不是滋味。一个有五千年文明的堂堂大国竟要学习幼儿园孩子们学说的话,岂不大可哀哉!

有人把不讲礼貌的行为归咎于新人类或新新人类。我并无资格成为新人类的同党,我已经是属于博物馆的人物了。但是,我却要为他们打抱不平。在他们诞生以前,有人早著了先鞭。不过,话又要说回来。新人类或新新人类确实在不讲礼貌方面有所创造,有所前进,他们发扬光大这种并不美妙的传统,他们(往往是一双男女)在光天化日之下,车水马龙之中,拥抱接吻,旁若无人,洋洋自得,连在这方面比较不拘细节的老外看了都目瞪口呆,惊诧不已。古人说:"闺房之内,有甚于画眉者。"这是两口子的私事,谁也管不着。但这是在闺房之内的事,现在竟几乎要搬到大街上来,虽然还没有到"甚于画眉"的水平,可是已经很可观了。新人类还要新到什么程度呢?

如果一个人孤身住在深山老林中,你愿意怎样都行。可我们是处在社会中,这就要讲究点人际关系。人必自爱而后人爱之。没有礼貌是目中无人的一种表现,是自私自利的一种表现,如果这样的人多了,必然产生与社会不协调的后果。千万不要认为这是个人小事而掉以轻心。

现在国际交往日益频繁,不讲礼貌的恶习所产生的恶劣影响,已经不局限于国内,而是会流布全世界。前几年,我看到过一个什么电视片,是由一个意大利著名摄影家拍摄的,主题是介绍北京情况的。北京的名胜古迹当然都包罗无遗,但是,我的眼前忽然一亮:一个光着膀子的胖大汉骑自行车双手撒把,作打太极拳状,飞驰在天安门前宽广的大马路上,给人的形象是野蛮无礼。这样的形象并不多见,然而却没有逃过一个老外的眼睛。我相信,这个电视片是会在全世界都放映的。它在外国人心目中会产生什么影响,不是一清二楚了吗?

最后,我想当一个文抄公,抄一段香港《大公报》上的话:"富者有礼高贵,贫者有礼免辱,父子有礼慈孝,兄弟有礼和睦,夫妻有礼情长,朋友有礼义笃,社会有礼祥和。"

2001 年 1 月 29 日

隔　膜

鲁迅先生曾写过关于"隔膜"的文章,有些人是熟悉的。鲁迅的"隔膜",同我们平常使用的这个词儿的含义不完全一样。我们平常所谓"隔膜"是指"情意不相通,彼此不了解"。鲁迅的"隔膜"是单方面的以主观愿望或猜度去了解对方,去要求对方。这样做,鲜有不碰钉子者。这样的例子,在中国历史上并不稀见。即使有人想"颂圣",如果隔膜,也难免撞在龙犄角上,一命呜呼。

最近读到韩昇先生的文章《隋文帝抗击突厥的内政因素》(《欧亚学刊》第二期),其中有几句话:"对此,从种族性格上斥责突厥'反复无常',其出发点是中国理想主义感情性的'义'观念。国内伦理观念与国际社会现实的矛盾冲突,在中国对外交往中反复出现,深值反思。"这实在是见道之言,值得我们深思。我认为,这也是一种"隔膜"。

记得当年在大学读书时,适值九一八事件发生,日军入寇东北。当时中国军队实行不抵抗主义,南京政府同时又派大员赴日内瓦国联(相当于今天的联合国)控诉,要求国联伸张正义。当时我还属于隔膜党,义愤填膺,等待着国际伸出正义之手。结果当然是落了空。我颇恨恨不已了一阵子。

在这里,关键是什么叫"义"?什么叫"正义"?韩文公说:"行而宜之之谓义。"可是"宜之"的标准是因个人而异的,因民族而异的,因国家而异的,因立场不同而异的。不懂这个道理,就是"隔膜"。

懂这个道理,也并不容易。我在德国住了十年,没有看到有人在大街上吵架,也很少看到小孩子打架。有一天,我看到了,就在我窗外马路对面的人行道上,两个男孩在打架,一个大的十三四岁,一个小的只有七八岁,个子相差一截,力量悬殊明显。不知为什么,两个人竟干起架来。不到一个回合,小的被打倒在地,哭了几声,立即又爬起来继续交手,当然又被打倒在地。如此被打倒了几次,小孩边哭边打,并不服输,日耳曼民族的特性,昭然可见。此时周围已经聚拢了一些围观者。我总期望,有一个人会像在中国一样,主持正义,说一句:"你这么大了,怎么能欺负小的呢!"但是没有。最后还是对门住的一位老太太从窗子里对准两个小孩泼出了一盆冷水,两个小孩各自哈哈大笑,战斗才告结束。

这件小事给了我一个重要的教训:在西方国家眼中,谁的拳头大,正义就在谁手里。我从此脱离了隔膜党。

今天,我们的国家和人民都变得更加聪明了,与隔膜的距离越来越远了。我们努力建设我们的国家,使人民的生活水平越来越提高。对外我们决不侵略别的国家,但也决不允许别的国家侵略我们。我们也讲主持正义;但是,这个正义与隔膜是不搭界的。

2001 年 2 月 27 日

一个值得担忧的现象

——再论包装

我在这里写的"值得担忧",不限于中国,而是全世界。

我曾在本刊上写过一篇《论包装》的文章,内容主要是谈外面包装极大而里面的商品极小的问题。现在这一篇《再论包装》,主要谈的是外面包装和里面商品的价值问题。重点有所不同,而令人担忧则一也。

我先举一个小例子。

最近有友人从山东归来,给我带了一些周村烧饼。这是山东周村生产的一种点心。作料异常简单,只不过一点面粉、一点芝麻,再加上一点糖或盐,用水和好,擀成薄皮,做成圆饼,放在炉中烤干,即为成品,香脆可口,远近闻名,大概已经有几百年的历史了。因为成本极低,所以价钱不高。过去只是十个或八九个一摞,用白纸一包,即可出售。烧饼吃完,把纸一揉,变成垃圾,占地也不多。

常言道:"士别三日,当刮目相看。"岂知这一句话也能应用到周村烧饼身上。现在友人送给我的这些烧饼,完全换了新装,不是白纸,而是铁盒,彩绘烫金,光彩夺目。夥颐!我的老朋友阔起来了!我不禁大为惊诧。

在惊诧之余,我又不禁忧心忡忡起来。我不是经济学家,这里也用不着经济学。只草草地估算一下,那几个烧饼能值几个钱?这金碧辉煌的铁盒又能值多少钱?显然后者比前者要贵得多。可是哪一个有使用价值呢？又显然只是前者。烧饼吃下去，可以充饥，可以转变成营养成分，增强人的身体。铁盒，如果只有一两个的话，小孩子可以拿着玩一玩。如果是成千上万的话，却只能变成了垃圾，遭人遗弃。《论包装》中提到的那一些大而无当的包装，把其中小小的一点商品取出来后，也都成为垃圾。

这有点像中国古书上的一个典故："买椟还珠。"但是，这个典故不过是讥笑舍本逐末，取舍不当而已，那个椟还是有用的，决不会变成垃圾。

古代人生活简朴，没有多少垃圾，也决不会自己制造垃圾。到了今天，人类大大地进步了。然而却越来越蠢了，会自己制造垃圾，以致垃圾成为一个世界性问题。每一个国家的政府都为处理垃圾而大伤脑筋，至今也还没有能找到一个行之有效的办法。如此持续下去，将来的人类只能在垃圾堆里讨生活了。

但是，还有更严重的问题。人类衣、食、住、行的资料都取之于大自然。但是，小小的一个地球村里资源毕竟是有限的。当年苏东坡说："惟江上之清风，与山间之明月，耳得之而为声，目遇之而成色，取之无禁，用之不竭，是造物之无尽藏也。"东坡认为造物无尽藏，是不正确的。造物是有尽藏的，用之是有竭的。可惜到了今天，世人还多是浑浑噩噩，懵懵懂懂，毫无反思悔改之意。尤其是那一个以世界警察自居的大国，在使用大自然资源方面，肆无忌惮地浪费，真不禁令人发指。有识之士已经感觉到，人类已经是"盲人骑瞎马，夜半临深池"，但感觉到这种危险者不多。这是事实，并不是我一个人的杞忧。

我希望有聪明智慧的中国人，悬崖勒马，改弦更张，再也不制造那一种大而无当的商品包装和那种金碧辉煌的商品铁盒，给我们的子孙后代多留下一点大自然的资源。

2002 年 5 月 10 日

再谈爱国主义

爱国主义这样一个题目,不知道有多少人写了文章,做过发言。我自己在过去的一些文章中也曾谈到过这个题目。如果说我对这个题目有什么贡献的话,那就是,我曾指出来,不要一看爱国主义就认为是好东西。爱国主义有两种:一种是正义的爱国主义,一种是邪恶的爱国主义。日寇侵华时中日两国都高呼爱国,其根本区别就在于一个是正义的,一个是邪恶的。如果有人已经做过这样的论断,那就怪我老朽昏庸,孤陋寡闻,务请普天下大方家原谅则个。

我既不是哲学家,也不是思想家,但好胡思乱想。俗话说:愚者千虑,必有一得。我希望,这一句话能在我身上兑现。简短直说,我想从国籍这个角度上来探讨爱国主义。按现在的国际惯例,每个人都必须有一个国籍。听说有人有双国籍,情况不明,这里不谈。国际法大概允许无国籍。二战期间,我滞留德国。中国南京汪伪政府派去了大使。我是绝对不能与汉奸沾边的,我同张维到德国警察局去宣布自己无国籍。

爱国的国字,如果孤立起来看,是一个模糊名词。哪里的国?谁的国?都不清楚。但是,一旦同国籍联系在一起,就十分清楚了。国就是这个国籍的国。再讲爱国的话,指的就是爱你这个国籍的国。

如果一个国家热爱和平,决不想侵略、剥削、压迫、屠杀别的国家,愿意同别的国家和平共处,这样的国家是值得爱的,非爱不行的。这样的爱国主义就是我上面所说的正义的爱国主义。反之,如果一个国家,特别是它的领导人,专心致志地侵略别的国家,征服别的国家,最终统一全球,天上天下,唯我独尊,这样的国家是绝对不能爱的,爱它就成了统治者的帮凶。爱国主义与国际主义是相通的,是互有联系的。保卫世界和平是两者共同的愿望。

要举具体的例子嘛,就在眼前。二战期间,西方一个德国,领袖是希特勒。东方一个日本,头子是东条英机。两国在屠杀别国人民的时候,都狂呼爱国主义。这当然就是我上面所说的邪恶的爱国主义。两个国家,两个头子的下场是众所周知的。

这种情况已经是俱往矣。然而到了今天,居然还有一个大国,亦步亦趋地步希特勒、东条英机的后尘,手舞大棒,飞扬跋扈,驻军遍世界,航空母舰游弋于几大洋。明明知道,别的国家是不可能从外面进攻它的,却偏搞什么导弹防御系统。任何国家屁大的事,它都要过问。不经过它的批准,就是非圣无法。联合国它根本看不起,它就是天下的主人。

有这个国家国籍的人们的爱国主义怎样表现?这个国家,特别是它的领导人值不值得爱?这是有这个国家国籍的人们要慎重考虑的问题。我一个局外人不敢越俎代庖。

2002 年 12 月 27 日

从小康谈起

稚珊命题作文,我应命试作。

我们现在举国上下正在努力建设小康社会。但是,什么叫"小康"?我还没有看到权威性的解释。现在,我不揣冒昧对这个词儿来做一番解释。

在发达国家的大城市,特别是首都中,居民约略可以分为三个阶层。第一是大款,收入极高,人数极少,享用奢侈,匪夷所思。第二是中间阶层,人数相当多,收入不甚丰而花费有余。他们想吃什么,就吃什么;想穿什么,就穿什么。来自五湖四海普天下的产品,他们都能得到。他们决不像大款那样,一次宴会开支万金;但是,日子过得颇为舒适,颇为惬意,他们是满足的。至于第三阶层,人数颇多,收入拮据,日子过得不能称心如意,还不能算是小康社会。

上面讲的第二阶层,我认为就算是"小康"。拿这个例子来同北京比较一下,北京中间阶层的人可以说是已经达到小康水平了。他们想要吃的,想要穿的,不管是来自天南,还是海北,而且还是一年四季的产品,他们都能够得到,难道这不就算是小康了吗?

但是,衡量小康的水平标准,不仅仅只有物质,而且还要有精神方面的东西,我们平常讲的人文素质就是指的精神方面的东西。一讲到人文素质,问题就复杂起来。我个人认为,有对全人类的要求,有对不同国家、不同民族的要求。前者的内容有:要正义不要邪恶;要和平不要战争;要友谊不要仇恨;要协商不要独断;要互助不要掠夺,如此等等,还可以列举许多。后者则复杂得多。国家不同,民族不同,文化和宗教的传统不同,人文素质的行为细则则必然不同。在这里需要的是相互理解,相互尊重。

如果拿世界上许多大都市已经进入小康境界的人们的人文素质的水平来同北京市(可能还有别的大城市)的我以为已经达到小康水平的人们的人文素质水平来比较一下的话,我就不禁英雄气短。有一些暴发的小康者,骄矜,浮躁,忘乎所以。就以市民的平均水平而论,也存在着不少问题。我将在上海《新民晚报·夜光杯》上连续发表四篇谈公德的文章来谈这个问题,希望能起点作用。我们中国在这方面要做的事情还有很多,这一点我们必须清醒。

我想在这里顺便谈一个问题。在现在这样消费高潮汹涌澎湃的时候,再谈节俭,是否已经过时,是否算是冥顽不灵?我认为不是这样,过去谈节俭是对个人,对自己的家庭而言。而我现在讲的节俭是对人类而言的,大自然提供给人类的生活日用资料,毕竟不是像江上之清风、山间之明月那样取之不尽,用之不竭的,一个国家用多了,别的国家就会用少,就必将影响世界上广大的人民群众共同进入真正的小康境界。

2003 年 1 月 11 日

让坏事变成好事

当前,全世界都让"非典"问题搅得一塌糊涂。中国对于抗击"非典"的工作更是特别注意,已经取得了很大的成绩,为全世界所赞赏。

抗击"非典"是一件好事,而"非典"的出现则是一件坏事。我们常讲让坏事变成好事。看看怎样把"非典"的出现变成好事。

据说,在东方国家中,日本没有"非典"。原因也并不难寻求:日本人最爱清洁。抛开人所共知的政治原因,在这方面我们应当向日本学习。

《参考消息》上说,北京社区家属委员会的老大妈们,也在抗击"非典"中起了作用。为了防止"非典"的扩散,她们不让生人进入社区。这当然也是功劳。但是,倘若她们进一步能了解"非典"的产生与不讲卫生有关,她们可以在楼里楼外,楼上楼下,旮旮旯旯儿下工夫,把平常不被人注意的地方让人注意起来,打扫得干干净净,让"非典"以及将来可能发生的任何丑类无所用其技。岂不猗欤休哉!

2003 年 5 月 26 日

同胞们说话声音放低一点

这是多么怪的问题。

但是请先冷静一下,别先进行批判。听我慢慢道来。

先举例子。事实胜于雄辩嘛。

好多年前,我在《参考消息》上读到中国一个小有名气的音乐家,是什么院长,率领一个音乐家代表团到澳大利亚去访问。当然是住在高级饭店里。不久住同一楼的外籍人士就反应,他们要搬家。因为住同一层楼的中国客人说话声音实在太高,让人无法忍受。

我在德国的时候,一对中国夫妇生的一个小女孩,大概三岁了吧。一天忽然对父母说:Ihr zankt(你们吵架)。大概父母尚保留"国习",而女孩则由德国保姆带大,对"国习"很不习惯了。

我初到德国时,在柏林待了几个礼拜。我很少到中国饭馆去吃饭。因为此处是蒋宋孔陈冯居等要人的纨绔子弟或千金小姐会聚的地方。这批人我不敢说都不念书。但是,如果说,绝大部分不念书则是名副其实的。中国餐馆就是他们聚会之处。每到开饭时,一进门,一股乌烟瘴气,扑面而来。里面人声鼎沸,呱哒嘴的声音,仿佛是给这个大混乱敲着鼓点。这情况在国内司空见惯,不图又见于异域柏林。我在大吃一惊之余,赶快逃走,另找一个德国饭馆去吃饭。

年来多病,频频住院。按道理说,医院是最需要肃静的地方。

然而在住的医院中,男大夫们往往说话声音极高,护士们是女孩子,说话轻声细语。

我个人认为,说话是传递思想必要的工具。说话声音高到只要让对方(聋子除外)听懂就行了,不必要求每个人都是帕瓦罗蒂。

指责中国人民陋习的文章,古今中外,所在都有。有的是真正的陋习,如随地吐痰。有的也出于偏见。但是,不管有多少陋习,也无法掩去中华民族之伟大。可是,话又说了回来,有陋习,改掉之,不更能显出我们民族的伟大吗?

陋习的种类极多极多。不过把说话声音高也算作陋习,过去却没有见过。有之自不佞始。

2003 年 6 月 14 日

狗年元旦抒怀

鸡年退位,狗年登场。

天增岁月人增寿,春满乾坤福满门。第一句话是没有错的。天和人确实都增了寿。

寿,在中国是一个非常吉祥的词儿。有什么人不喜欢增寿呢?过去,我也是这个意见。但是,宛如电光石火一般,九十五岁之年倏然而至。现在再听到增寿这样的词句,别有一番滋味在心头。我现在已是百岁老人,离开生命的极限,还有多长多远,我自己实在说不清楚,反正是不会太远了。现在再说增寿一年,就等于说,向生命的极限走近了一年,这个道理不是一清二楚吗?

然而,我并不悲观。有寿可增,总是好事,我现在最感到幸福、感到兴奋的是,我有幸活在当前的中国。自从五十多年前所谓解放以来,第一阵兴奋波一过,立即陷入苦恼和灾难中,什么事情都要搞运动。什么叫运动呢?就是让一部分人(老知识分子除外)为所欲为,丢掉法律和道德,强凌弱,众暴寡。对于这种情况,我不是空口说白话,我有现身的经历。因此,全国人民对今天的中国都感到幸福,而我这个过来人更特别感到幸福。国家领导人从来不搞大轰大嗡,而是不声不响地为全国人民做实际需要的工作,全国人民如处春风化雨中。

我写这篇短文的心情,就是春风化雨。

今天是狗年元旦。这个元旦同其他年的元旦是大同小异。但是,对我来说,却还有不同的意义。今年是我回国六十周年纪念,是我参加北京大学工作六十周年纪念,是我创办东方语言文学系六十周年纪念。虽然说了三项六十周年;在时间上只有一个六十周年。这个六十周年一过,我已经走到了九十五岁了,而且还要走上前去,一直走到不能再走的时候。

年轻时候,读过胡适之先生的一首诗:

> 略有几根白发,
> 心情微近中年。
> 既成过河卒子,
> 只有奋勇向前。

我不理解,适之先生的"过河卒子"从何而来。因此也没有过河卒子的感觉。但是,不管你是不是过河卒子,反正你必须奋勇向前。

2006年1月1日于三〇一医院

两个母亲

平常人都知道,我们有一个母亲,并且只有一个。这就是生我们的那个母亲。她对于我们的存在,有举足轻重的作用。因为,没有她,我们就来不到这个世界上。

这就是我所说的第一个母亲,这可称作生身之母。

但是,一个人,并不是一生下来就算完成了任务,后面还有一个或长或短的生命过程在等待着他。想要完成这个过程,需要有"利养",说句大白话,就是需要吃东西。一说到吃,同外国人比起来,就有突出的特点。我们胆子大,选择精,五谷杂粮,各种蔬菜,牛羊犬豕,鱼鳖虾蟹,天上飞的,水中游的,地上跑的,地下藏的,只要进入我们的注意圈内,就难逃出我们那血盆大口。

所有这一些养人的东西,我们的生身之母,我们的第一个母亲,除了用钱买一点以外,是不能够生产的。生产这些东西的,是我们的祖国大地。在这个意义上来说,祖国就成了我们的养身之母,我们的第二个母亲。

下面,是我试拟的小学教科书一篇课文:

我们都有两个母亲。

我们平常只知道,我们有一个母亲,就是生身之母。

仔细考虑起来,应该说,我们都有两个母亲。除了生身之母外,还有一个养身之母,这就是我们的祖国。我们出生以后，由小渐长，所有的衣食住行之所需，都是祖国大地生长出来的东西。称祖国为养身之母，是非常恰当的。

2006 年 1 月 3 日